闲日读本

李长声 著

山东画报出版社

目　录

关于随笔的说法

随笔是自由的，不定型。它有太多的写法，与大部分文学形式不同，难以给随笔下定义。有人说，随笔就是随心所欲地写，但随笔也每有时代性，例如《方丈记》(日语学家大野晋认为《徒然草》没意思,《方丈记》写得好)。当时读和现在读又有着完全不同的趣味，时过境迁仍然能抓住人心，那就是名作。

文艺评论家吉田精一说："日本人生来有直观的、艺术的性格和嗜好，像一滴水之中感觉宇宙那样，跳过过程而领会物的神髓的能力很出色。又擅长日常生活的艺术化，以及反过来，艺术的日常生活化。还具有从范围小、不显眼的事物发现纤巧的美，欣赏微妙的阴影的情绪。总之，与世界各国比较，日本有很长的随笔文学历史，创作了很多的随笔，并且有欣赏它的国民。"

评论家内田鲁庵答记者问："想写点什么，但写不来论文或考证，没办法，乱写一气，人就称之为随笔。"有人这么打比方：学问是一个圆，随笔是一个圆，两个圆相重叠的部分是评论。某人可能学问的圆大，某人可能随笔的圆大。文艺评论家兼小说家丸谷才一说："随笔这种形式使必要的高级知性和游戏之心很好地并立，知性的探求欲与轻松态度很好地调和。”又说：“内容是随笔的关键，内容塞得太满就变成了评论。”

以前，文学是“文学”的时候，小说家都写得一手好随笔。随笔即文章，夏目漱石主张自己不是写小说，而是写文章。志贺直哉的心境小说《在城崎》时常被举为随笔的范文，因为他写的是文章。太多的小说不过是讲故事罢了。坂口安吾小说的有趣之处是吸收了随笔，那种自由自在、奔放的语调是随笔的态度。当代须贺敦子的随笔被叫好，基本就是把故事和八卦连缀起来写活了人物，其随笔无限地接近小说。

夏目漱石的随笔《玻璃窗内》写得好。薄田泣堇的《茶话》也不错。幸田露伴的随笔没意思。谈日本随笔，必提及内田百闲，他的《阿房列车》只是坐火车，别无内容，但是很有趣。永井荷风的《墨东绮谭》是随笔体小说，也没有多少可说的内容。为何这种小说能感动整个日本呢？因为读者认定作家在批判眼下的日本，也便有了内容。丸谷才一月旦评学者文章，认为国学家统统不大行，文章高手在汉学界，因为浸淫了中国及江户诗人、学者写的东西，如日野龙夫、德田武、前野直彬以及高岛俊男、揖斐高。前野的随笔集《风月无尽》有意思，德田的《江户诗人传》是随笔体传记，堪为名著。德国文学研究家富士川英郎，法国文学研究家杉本秀太郎、奥本大三郎很会写文章。理科系统有寺田寅彦、中谷宇吉郎，还有人类学家金关丈夫。

丸谷才一或者石川淳说过：对于随笔家来说，重要的是钱、闲、书。有钱则有闲，于是读很多书，就能写出好随笔。那么，读随笔也得有闲吧。江户年间天下太平，人们有闲，纸也便宜，谁都写随笔来消磨时光，颇有点像当今的网络时代，写东西是成本最低的消闲。

一流作家的二三流作品

日本有个叫安部让二的作家，按我们过去的分法，工人作家啦，农民诗人啦，他就是流氓作家。安部上中学时踏入流氓界，为非作歹，国内外合计坐过八年牢。上世纪50年代一度在银座的男同性恋酒吧当保镖，客人多是欧美人。他们争抢姿色妖姣的服务生，“我就过去制止，或者镇压，就这种保镖。寥寥无几的日本客人当中有三岛先生。他坐在吧台边上，服务生们不睬他”。三岛先生即三岛由纪夫，看见安部处置客人的那两下子，问是什么招法，安部说是拳击，于是三岛请安部介绍他练拳。年过四十，安部改邪写小说，当然最拿手的是当流氓、蹲牢房那些事。笔名叫安部让二，这是从三岛由纪夫的小说《复杂的他》里拿来的，主人公叫宫城让二。安部说：《复杂的他》写的是他27岁之前的半生记，除了背上文身等细节，真的就是他生来的事实原样。

据说三岛写这个通俗的爱情小说是为了筹措资金搞民兵组织“楯会”。开头和结尾，用的是中学语文课上教的写法，前后照应——开头在飞机上，身材高大、动作优雅的“空哥”送酒，他就是宫城让二，第三次跟父亲飞越太平洋的冴子对他的后背着迷；结尾是冴子终于走进了宫城让二的房间，他脱下纯白的衬衣，后背露出一大片恶俗的刺青。原来23岁时安部让二虚构了一份履历，人还在保释期间，居然被日本航空雇用。涩谷的警察看见那一套漂亮的制服，阿飞变身为“空哥”，百思不解。安部后来甚至晋升为事务长，却终归本性难移，对无理刁难的乘客大打出手，败露了真相，终被解雇，重返暴力团，那年他27岁。

三岛由纪夫无疑是一流作家，至少1963年入围过诺贝尔文学奖，更应该算作超一流。传闻川端康成获得诺奖后说过，三岛太年轻，不然这奖就是他的。此话跟大江健三郎喜获诺奖之后说安部公房不死这奖就是他的异曲同工。川端康成慧眼识三岛，与小说相比，他认为三岛的才能更在于戏剧。也有人断言三岛的文艺评论比戏剧好。甚而有评论家批评《金阁寺》《丰饶之海》等观念性作品过于注重形式，文学价值为零。至于我个人读他，不大喜欢所谓纯文学的一流小说，觉得太做作，比他练就的那身肌肉更显得人工，而偏爱《复杂的他》之类的通俗小说。此类作品在他的文学中属于二三流，没什么难解，评论家也不免失去用武之地，多是弃而不论。竹久梦二说过这样的话：“第一流的东西未必就招人喜爱。在二流三流或者全然远离时代的东西当中——文学、美术也同样，在支流当中会感受离我们生活最近、非常亲密、身心痛快地投入的东西。”

三岛写《金阁寺》这部代表作前后称了称体重，没掉一两肉，但毕竟是“劳作”，“劳作之后”需要歇一歇，油然“产生了对有点古典几何学味道的心理小说的乡愁，那种乡愁却不再以一如过去的形式返回来，于是写了以讥讽的不可知论为主轴的单方面的婚外恋小说”，即《美德的摇摆》。看似余技，但小说这东西不是本人当回事，只要花力气就写得好的。有娱乐读者之心，闲闲地写来，甚至有一点掉以轻心，写出来的倒可能更呈现作家的本性与才力。纯文学作品需要评论家的认可，而通俗小说畅销就好。当今纯文学销路不畅，以纯文学出道的作家写娱乐性通俗作品已然是常态，既爽快营生，又可保住流行作家的地位。

给大作家当模特，安部让二深感荣幸，却也抱怨自己被写得不如《潮声》来劲儿。《复杂的他》在女性周刊上连载三期，安部以前交际过的空姐读到了找上门来，担心往下会写到她，那可就毁了已经到手的美满。安部也悚然一惊，自己的事迹公之于世，牵扯黑社会，弄不好要被剁掉手指头，于是赶紧找编辑，所幸三岛已交了全稿，“审读”一过，编辑按他的要求删掉了两处。

常言道：事实比小说更离奇。日本纯文学基本是所谓私小说，如实写自己，顶多做一些文字的或文学的加工。跟这种作家交朋友，必须做好给他当牺牲的准备。三岛由纪夫写政治与爱情的通俗小说《宴后》也是把社会现实直接文学化，真实不虚，结果他拿来当原型的有田八郎把他告上了法庭。以侵犯隐私打官司，这在日本还是破天荒，当然是跟占领日本的美国人学来的。三岛主张艺术表现的自由优先于隐私权，但法官裁决“言论、表现的自由不是绝对的，如不侵犯他人的名誉、信用、隐私等法益则保障其自由”。有田八郎几度出任外务大臣，和经营高级餐馆的畔上辉井再婚。有田竞选东京都知事，畔上全力支援，惜乎连败，二人对日后的生活产生分歧而离婚。有这样的传说：有田八郎属于社会党，以致三岛被误会为左翼，所以诺贝尔文学奖没给他。

三岛由纪夫剖腹前夜给安部让二打电话，说自己在酒吧喝剩下的酒都给他了。安部觉得奇怪，随后给店家打电话，店家说三岛先生今晚跟往常一样。

解　说

走进书店，不由得感叹出版的繁荣，首先表现在开本上，基本取向是往大里做，很显出大国气派。相比之下，日本上百年前开创了几种开本，至今还是老样子。其一叫“文库本”，相当于大三十二开的一半，便携而廉价。日本出版有一个惯例，先出版开本比较大的单行本，三五年之后改版，印行文库版，通常都加上解说，仿佛读者随着书价降低了一个档次，需要导读，也就是引导他们阅读了。书的页数大抵是十六的倍数，多出来几页，一般会印上自家出版的书目。偏巧正文和版权页凑足了页数，那就可能不加解说吧。常读到写得很差劲儿的解说，大概作者根本没读过那个作品，对作家也不了解，真所谓狗尾续貂。有的解说写得好，甚至本来藏有单行本，也忍不住再买回一本文库版。

解说都是由作者以外的人来写，据说这也是评论家、书评家者流的一个收入来源。日本战败后不久，新潮社要给菊池宽的短篇小说集出文库版，问他找谁写解说，菊池说他自己写，“如果非第三者写不可，那就借用吉川英治的名字，我跟他说”。

开头写道：“这个集子尽收了菊池早期作品中的历史佳作。看这些作品也清楚，菊池作为自由主义者很自信，努力凭其创作打破封建思想。这些作品的主题在现代也许不大少见，但这是因为菊池以后很多写历史的作家受其影响使这种主题普及了。三十年前这些主题全都是菊池的想法，独放异彩。”

最后言道：“大概也可以说，从大正到昭和，很少有像菊池的作品那样为思想上、文化上启蒙大众做出贡献的作品。不过，文学作品影响社会的力量微乎其微。打了败仗的今日必须重新叫喊打破封建思想，菊池会觉得遗憾之至吧。”

当然也会有作家不喜欢被解说，这需要他已经是月亮，编辑们众星捧月。例如村上春树，简直是如日当空，文库版作品几乎从来不许别人来解说。人们都觉得村上不爱跟媒体打交道，实际上他是最爱自己聒噪自己的小说的，当然也因为读者总是闹不清他的小说到底要说些什么。

村上很少给人写解说。前两年，一个叫杏的女演员红了，写随笔回顾走过来的路。她爱读书，是一个“历女”——喜欢历史的女人，但“历女”喜好的历史常是戏说的或漫画的。要出文库版，请村上为她解说，过了两个星期，村上说“读了，有意思”，真就写来了。于是，书店推销这一筐杏，手书告示：村上老师写了解说！确实，对于读书人来说，再漂亮的女优也不如村上春树那张不生动的脸有魅力，这可是诺奖边缘级作家的推荐。

解说短短的，写道：“我们见得并不那么多，所以在人前这么一口咬定也许不对，但让我老实说出我想的，那就是，杏基本像一个‘极普通的女孩子’。有名的模特啦，女演员啦，这种氛围——起码见我时，几乎是没有的。”原来他们是认识的，从电视上看，杏确实像一个“极普通的女孩子”。她爸是名优渡边谦。

君子不近畅销书

君子不近畅销书。

这是对畅销书的一种态度，或许有一点愤世嫉俗。法国女作家席琳说“大受欢迎的作品必是拙劣不堪的”，但古罗马作家普林尼也曾说“什么样的坏书，书中某部分也必定于人有益”。如果换一个角度，畅销书反映时代，时而像捅了社会马蜂窝一样激起风潮，那么也值得随便翻翻。

所谓畅销书，日本用的是英语bestseller，这个词1889年产生于美国，随即传遍大英帝国，日本被美国占领后更把它用得胜似己出。畅销书现象是出版产业化、阅读大众化的标志。据说1950年以后世界上印数超过1000万的著作大约有80种，其中葡萄牙语一种、德语一种、意大利语一种、瑞典语一种、日语两种（村上春树的《挪威的森林》和《1Q84》）、西班牙语三种、汉语四种或五种，其余全部是英语作品。美国是现代大众文化的发祥地，但对于美国之外的图书似颇有闭关锁国的倾向，以致诺贝尔文学奖评委会常任秘书霍拉斯·恩格达尔发火，指责这种文化孤立主义：美国人不积极搞翻译，因此也未能参加各国文学的重要对话。

为什么都读那本书，而不是别的书？这就是探讨畅销书。数字、时间、场所是畅销书的三要素。以村上春树的作品为例，印数多，短短期间好似换季大甩卖，人们争购或争读，而且日本不消说，中国出版人也越海竞争翻译权，以致价钱贵得能买下一段长城，当然最后统统转嫁给鸡蛋般脆弱的读者。究竟多少算畅销？日本评论出版业盛衰的指标之一就是看年度有没有销售百万册的书，实质不过是一个作家和一个出版社的独赢。人们购读的兴致与财力是有限的，一本书独赢可能绝了多少本书的活路，既偏离少数量、多品种的出版理念，也不符合当今的游戏规则——共赢。常听说走向世界之类的口号，但语言文字及其所表现的内容是最为民族的，难以全球化。中国的经济在世界上已经数第二，但文化从未像日本那样，漫画多年被多国大肆盗版，近乎被拉向世界。我们争着抢着翻译日本书，却至今不大见日本翻译中国书，唯古典除外。就中国的古典来说，日本从不把自己当外人，三国比我们读得更经心，花样百出。在三国阅读史上，现在的读法是日本人的发明。

好像比本家更识货，这也是畅销书奇观。爱伦·坡作为美国最早以写作为生的作家，起初并不被看重，法国给了他吃不了兜着走的荣誉，家乡人这才刮目。日本高看他也不像是出于美国，而是受法国影响。威廉·福克纳默默无闻，被萨特说了一句“我们时代最伟大的作家是福克纳”，一下子声名在美国鹊起。阿根廷作家博尔赫斯曾自嘲道：法国读我写的书，走在路上也认识我，多亏了法国我才在阿根廷出名。

畅销书与社会及时代的关系是互动的，最生动的例子莫过于日本人和英语这一对冤家。明治维新，日本无所不用其极地全盘西化，但随着野心越来越大，穷兵黩武，当权者厌恶英语了。棒球照样打，外来的术语统统改用日本话，“圈外”“夺垒”“正打”云云。结果战争还是惨败了，1945年8月15日，诚文堂新光社的社长小川菊松在旅途的车站恭听了天皇宣读诏书，不禁泪双流，归途便想出一个选题：英语会话。8月30日，麦克阿瑟将军踏出了占领日本的第一步；9月8日，8000名美国大兵进驻东京；9月15日，《日美会话手册》上市。不叫“日英会话”，叫“日美会话”，因为要学的是美国话，三个半月倾销360万册。仅仅一个月时间，日本人对美国的思想感情便完成了180度大转弯，虽说船小好掉头，却也未免太快了点儿。电影上看见美国大兵的吉普车奔驰在废墟似的东京，很觉得蛮横，但当时媒体是这样写的：“军事力量上、武器装备上，优劣相差悬殊是明摆着的。吉普车是一个好例子。那轻快的行驶声、合理的构造，令我们感叹。”《日美会话手册》是日本战败后的第一本出版物。当时纸张匮乏，但战争期间小川菊松出版赞美军国主义的书，颇受军政府青睐，囤积了大量纸张。不久纸价暴涨百倍，小川悔青了肠子，要是不印这小册子，卖纸可就赚大了。况且没讨到好，两年半之后，因其战争期间的所作所为，小川被占领军开除了公职。

1961年，学英语又掀起高潮，始作俑者是《英语变强的书》。“上厕所时外面敲门，你要说‘有人’，用英语怎么说？”这样用130个例句攒成的英语入门书势如卖面包，两个半月印刷210次，突破百万册。媒体写道：“对英语会话的兴趣高涨，固然有出国开始自由了和电视教英语的影响，但终极目标是四年后的东京奥运会，因为好几万来自各国的客人广泛通用的是国际语言英语。”如果说第一次英语热免不了对新统治者的媚态和对占领军带进来的生活文化的艳羡，那么这次申奥成功，全亚洲第一个举办奥运会，要作为东道主接待来自全世界的人，很有点扬眉吐气。英语热一波接一波，但是像作家井上厦说的，日本人外语能力差，怕是又得为2020年东京奥运会奋发学英语。

畅销书过后会成为社会进程的路标，但其魅力在于当时也不可捉摸。即便从书里书外解析它流行的内容及背景，也几乎不能如法炮制，下一本畅销书仍然会令人大感意外。经济发展，教育水平提高，读书人口增多，出版人汲汲营营于大量生产，大量消费。出版《英语变强的书》的出版社是光文社，社长神吉晴夫主张畅销书是可以制造的，开列了十条计策：把读者层的核心放在20岁前后，刺激读者的心理或感情的某一面，主题应时，作品和主题明确，作品新鲜，文章是读者的语言，比艺术更重视道德观念，读者喜好正义，作者不比读者高一档，编辑策划并掌控。《从畅销书看日本社会走向》一书写到制造畅销书的诀窍更其精炼，即三T原则：时机（Time）、主题（Theme）、书名（Title）。似乎其中唯书名较有可操作性，以致标题党横行于市。德国作家托马斯·曼在雷克拉姆出版社一百周年大庆时致辞说："出版人不是出版这一精神性事业的独奏者，出版人是指挥。"或许出版人更应该照此话想象自己的做法吧。

山冈庄八的《德川家康》前几年在中国大畅其销。这部历史小说自1950年春在地方报纸上连载，三年后讲谈社出版单行本。1962年周刊杂志以特辑的形式推介："军人已面目全非，政治家是选票上漂浮的无根草，所以现代的英雄就是经营者——拥有部下及其家属，为扩大势力交锋，追求长期繁荣而日夜操心的战斗的诸侯。著名武将的生活方式教给现代人很多，尤其醉心于德川家康的经营者最近遽增，山冈庄八著《德川家康》大受追捧。”这一年此书跻身畅销书榜前十，乃至被捧为“经营者的圣经”，连载17年，可谓一著等身，但作者的初衷是“挖掘德川家康这一个人，是想和大众共同思考、共同探究他和环绕在他周围的潮流中究竟是什么给应仁之乱以来的战乱画上了终止符”。

上世纪80年代,《窗边的小豆豆》两三个月里“爆卖”200万册，评论家分析原因在于作者是有名的电视艺人，出版社是日本第一大社。30年后译本在中国畅销，恐怕读者都不曾见过作者其人，也不知何许出版社，更没有“窗边族”(经济景气的年代，一把年纪的上班族绝了升迁的望，无所事事，坐在窗边望风景)一词的流行作为营销的社会背景。这本书以前也被翻译过，还不止一次，而这次终于畅销，探究其原因，应该在内容本身，偏巧撞上了中国社会的飞跃式发展，水到渠成。

比较一本书或一个作家在本国和外国的运气或命运也是很有趣的。译者都懂得从众心理，在翻译序言之类的地方必指明原书在母国出了多少版，印数有多少，其中也不免含了些崇洋媚外的心思，诱人趋之若鹜。作品的价值与作品的成功是两回事。就小说来说，价值是文学的，成功是商业的。往往畅销的是故事，败北的是文学。畅销不见得就是好书，好书反而常常不畅销。群体欲望的档次是低的，因为构成群体的凝聚力是那个群体的最大公约数。即便是革命，号召群体起来的理由也无非满足这个群体最低档的近乎本能的要求。

每到年底，我国盛行评好书。日本没有评好书之说，但是有各种奖，获奖的就是好书。书畅销在某种程度上具有读者自发性，专家评选有时就像对读者指手画脚。有一个书店大奖，由一些书店的店员推荐，近乎“好书奖”，2017年获得大奖的是恩田陆著《蜜蜂与远雷》，推荐的理由是本人读了觉得有趣，或者想推荐给顾客，或者想在自己的店里卖。然而，各种书以同样的零售条件进店，书店应该用同样的力气推销每一种书才是，以个人所好而厚此薄彼则有失公平。况且所评只是小说，而书店不只卖小说。从读书来说，小说只是一部分，或许对于出版是重要的部分，对于读者则因人而异。

畅销排行榜以量取胜，评好书则是为内容叫好，自有中国特色。大概把深圳十大好书那样的书单和日本畅销书榜比较不十分相宜，却也大致能借以观察读书取向的不同，从而反映出社会的状态和读者的心态。譬如翻译书所占比重。东京1964年举办奥运会，1968年日本成为世界第二经济大国；北京2008年举办奥运会，2010年中国经济超过日本，跃居世界第二位。60年代日本畅销书榜前十的翻译书有：保护野生动物专家乔伊·亚当森的《小狮子艾尔沙》等三种、托尔斯泰的《战争与和平》、现代管理学家彼得·德鲁克的《断层时代》。2008年以来位居畅销书榜前十的翻译书是《哈利·波特与死亡圣器》、《只给大脑干好事》、《奥巴马演说集》、《管理——基本与原则》（彼得·德鲁克著）、《冰雪奇缘》（小说版）、《法国人只有十件衣服》、《休息吧罗杰》（图画书）、《哈利·波特与被诅咒的孩子》（剧本）。深圳从2006年开始评年度十大好书，翻译书比重逐年增多，2015年甚至多到了八种，2016年有五种翻译书选为好书，日本只翻译过其中的《思虑二十世纪：托尼·朱特思想自传》，

2015年出版，价高5500日元，读者之寥寥可想而知。从书名大致能窥知内容，一色的严肃有余，如《我的应许之地：以色列的荣耀与悲情》《科雷马故事》《伍迪·艾伦谈话录》《纳粹医生：医学屠杀与种族灭绝心理学》。看来我们读书也足以位居世界第二，让日本人自愧弗如。谁是第一呢？

叫 穷

看到两条消息。

一条有关我们中国人正拼命追求的汽车。据说近年来日本年轻人倾向于不要汽车了。分析其原因，一是生活方式发生变化，大城市生活用不着；二是买不起。1970年大学毕业买辆车的价钱是月收入的十八倍，1990年是八倍，2014年又退回到了70年代的水平。买车的人平均年龄为三十五六岁，平均月收入为30万日元，买车的费用平均约六个多月的薪水。

另一条有关中国年轻人喜欢得要命的日本动画片。据2015年《动画片制作者情况调查报告》统计，该行业的月平均工作时间是260多个小时，平均年收入是330万日元。这是导演也参与平均的，导演的平均年收入为648万日元。作画的年轻人忙得没时间吃饭，平均年收入才110万日元，远远低于法定的最低工资。

两条消息的核心是一个“穷”字。按国税厅的数据，民间企业平均年收入大约为408万日元。经济合作与发展组织评估，在发达国家中，继以色列、美国之后，日本是排在第三位的穷国。当然，不是饿死人的穷，就日本来说，单身年收入在150万日元以下即属于这种“相对贫穷”，六个人里有一个。

都是些统计数字，枯燥无味，似乎也看不见穷人在哪里，但若是作家，就可以白纸黑字地写出来，例如柳美里。这是一位女作家，将近20年前获得芥川奖，所以书名是“穷神”，副题就叫做“芥川奖得主穷困生活记”。每次看手相都说她一辈子不缺钱，可今年才47岁，却穷得没有钱检车，卖掉了蓝色帕捷罗。

好像不少中国人都觉得日本人富裕，作家更有钱。写作为生，美其名曰笔耕，是较为神秘的族类。日本也有人在网上问：芥川奖的奖金1个亿吗？好心人回答：奖一块怀表，外加100万日元。听说出版行业平均年收入为610万日元，而作家平均年收入才200万至400万。历来有收入颇丰的编辑看着作家那点可怜巴巴的稿费或版税，绝了当作家的望。前几年写长篇小说《永远的○》走红的百田尚树也曾这么说：

> 现今是小说基本卖不掉的时代，卖1万册出版社就三呼万岁了。可卖了1万册，作家得到的版税也就150万日元，写它却花了一年，养家糊口太难了。我碰巧畅销，这就像中了彩票。持续20年卖钱的作家才是真正的人气作家，我绝对没希望。

单凭一支笔吃不上饭，只好搞副业。当你听一位作家演讲或讲课时大可不必肃然起敬，因为他那是不务正业。对于大多数作家来说，或如柳美里所言，“书是墓碑，书店是墓地”。

2014年，柳美里写博客叫穷，一叫惊人。她说，从2007年在杂志《创》上连载随笔《今天发生的事》，好几年都不付稿费，她穷得没钱交水电费。“稿费不是对作者的帮助，而是支付的劳动报酬。”她做了个概算，当初口头说定一张稿纸（四百格）2万日元，该刊总共拖欠她1211.1万日元。主编篠田博之在博客上回应：柳作家的主张是正当的，但这几年《创》赤字累累，印制费都筹不出。出版市场萎缩，眼看只剩下半壁江山。柳美里的书过去初版5万册，现在跟很多作家一样顶多1万册。她感叹：能靠写作吃饭的作家究竟有几个呢？估计纯文学作家不超过30人。像村上春树、东野圭吾那样摆进书店就畅销的作家是例外中的例外。满车乘客看手机，那景象令她不寒而栗。

《创》是月刊，1971年创刊，1981年篠田博之当主编，内容转向媒体批评。所谓挑战大媒体不能报道的领域，发表在划一的信息洪水中被排除的异论和少数意见，很有点另类，做事也不免逸出常情，少了点日本所特有的人情味。篠田辩解：“我自作多情，以为你是了解《创》的状况才帮助我们的。”吃了上顿没下顿的柳美里当然不买账：“我从不为‘帮助’或‘义务’写，因为我全靠写稿养家糊口。”出版社不支付稿费，跟老板不付给农民工工钱是一回事。最后柳美里妥协，按照《创》的最低标准付酬，一张稿纸4000日元，总计为155.308万日元。赶紧还上拖欠的各种费用，又将一文不名。

柳美里是日本生日本长的韩国人，上高中时被欺负，念了一年就退学，投身音乐剧，两年后组织剧社，开始写剧本，25岁以《鱼祭》获得岸田国士戏曲奖，又写起小说，29岁获得芥川奖。有一次，编辑策划她匿名写连载，以求轰动，但她很快在博客上露底，或许这正是“私小说”作家的本色吧，况且她还有无赖派遗风。她说过，跟她有事的男人当初就该有被她把事写出来的准备。四部曲《命》

《生》《魂》《声》改编成电影，印数累计100万册，版税约1亿日元，扣税之后到手约6000万，可她储蓄为零。虽然有各种借口，但归根结底，她不是过日子的人，不会过正常日子。一个小她15岁的男人跟她同居多年，年纪轻轻的，为什么不去打工挣钱？东京法定最低工资为一小时850日元，一天八小时，每周干五天，扣除了养老、保险、税金，月收入10万日元。这本《穷神》婆婆妈妈地展现了一个女作家的日常。

柳美里为人不合群，“因为不想参加，所以没参加过”这个会那个会，“承受孤立所带来的胆怯、寂寞、不安”。一度想投笔，学当驯犬师，但还得跟狗主打交道，更费话烦心，只好作罢。鲁迅有话：“有谁从小康人家而坠入困顿的吗？我以为在这途路中，大概可以看见世人的真面目。”当柳美里和跟班似的男人典当了14250日元，高兴时隔数周又见到“谕吉”（日本最大面值的万元钞票印着福泽谕吉的肖像，坊间呼之为“谕吉”）时，接到自由撰稿人荒井香织来信：“刚刚收到了美里的快信。正好闲钱有100万日元，所以不是50万，干脆凑一整数，你若能收下这100万，幸甚至哉。我一个人过日子，生活一身轻，而且上次替人攒的书卖得好，正是经济上滋润的时候，丝毫不勉强，万勿担心。至于还钱，完全不必急，哪天你的书印10万册，轰地大畅销，立马还给我如何？那也别有乐趣不是。”这是此书中唯一感动我的故事。

柳美里说，穷神也是神，让她写小说的就是这个神。毕竟穷的是作家，写书叫穷哭穷，叫了不白叫，哭了不白哭，这本书又可以卖钱救穷了。

一亿尽白痴

大宅壮一不大被日本人记起了。

这大概是社会评论家的宿命，犹如食品有“赏味期限”。大约从1955年到1965年这十年间他最为活跃，以至那位演讲时遭人刺杀的社会党领袖浅沼稻次郎说：“即便有乌鸦不叫的日子，也没有听不见大宅壮一的声音的日子。”社会批评具有时效性，哪怕戴上了一顶传媒帝王的帽子，也难免与时代共存亡。大宅常说他卖的是鲜鱼，不卖干的或咸的。针对性越强越容易过时，评论家本人也随之被日新月异的社会遗忘。

忽然想起大宅壮一，是因为闲来读了一首明治年间日本人写的七绝，云：“纷纷上疏各图功，兴学建官论太公。黄口市童皆贾谊，白头村叟半文翁。”明治伊始，政府成立待诏局，任谁都可以上疏建言。言路洞开，一时间街上孩童都变成被汉文帝问鬼神之事的贾谊，乡下老叟也半数都成为汉景帝年间治蜀的循吏文翁，争相为兴办学校、设置官职之类的国家大事献芹或献曝，个个赛“公知”。忍俊不禁，油然联想到大宅说的“一亿尽是评论家”。

日本两度起飞——明治维新与战败后，时隔半个多世纪，而民众像条河，流过各处的水都不是原先的了，但流到那里该回旋还是要回旋，该激荡还是要激荡。大宅写道：

最近媒体最显著的现象之一是名为“评论家”的人正在被大量生产，范围广泛得惊人。以前说评论家，无非政治评论家、经济评论家、文艺评论家、美术评论家之类，但近来像我这样一个什么都干的人叫做社会评论家了，其数量非常多。另一方面，评论的领域不断细分化，例如体育评论家当中除了棒球评论家、相扑评论家，又有了乒乓球评论家、柔道评论家、拳击评论家等。关于衣食住，有建筑评论家、服饰评论家、流行评论家，最近还出了菜肴评论家、味道评论家。或许不久将出现烤鳗鱼饭评论家、炸猪排饭评论家，以及领带评论家、内衣评论家、裤衩评论家。

日本放电视始于1953年，为时不久，1956年大宅跳出来批评：

电视是现代文化的最高作品，反而使文化倒退，就是说，过于感觉，过于直接，使人丧失智能，也就是白痴化。

电视的娱乐节目中的某种东西使人们“无知”（白痴），电视这种最进步的媒体展开了“一亿尽白痴化运动”。

眼看要掀起社会派推理小说热的松本清张也跟着指责：

看这个架势，电视普及使日本人的思考力钝化。孩子丢开学习，青年丧失思索，在电视前傻笑。长此以往，一亿日本人很可能尽白痴。

当时日本人口有九千多万，模仿曾流行一时的诗句“六亿神州尽舜尧”，且译作“一亿日本尽白痴”。

所谓白痴化，首先是媒体本身的问题，自痴痴人。大宅说：“近来媒体只瞄准社会底层，光重视收视率。瞄准最底层，所以越来越愚劣，白痴节目非常多，就是说媒体白痴化。有了电视以后，白痴化越来越严重。”电视这个神器“是20世纪后半叶产生的文化怪兽，是妖魔，难以抓住其正体”。其实大宅已经一把抓住了，怪兽的正体是收视率的“唯量主义”。决定书的价值的，不是销路，而是书的内容，畅销书未必是好书。这是人类的传统良知。电视几乎被广告主操控，对于收视率这个怪物的关心远远超过节目质量。他们误以为低俗化就是大众化。人不再是“思考的芦苇”，而变成了“不思考的猪”。从电视到今天的网络，总有人抵抗，倚仗的是以书本为中心的教养主义世界观。读书是主动的，看了活字在头脑里思考、想象，以理解内容，而电视看画面听声音，单方面灌输，几乎不容人动脑筋。“一亿尽白痴”的另一方面是“一亿尽评论家化”。人人参与，谁都可以当评论家，什么都可以拿来评论一番，于是乎呈现那首七绝所嘲讽的景象。

社会评论家往往是最识时务的，骂归骂，自知无力回天，几年后大宅壮一就给索尼的黑白电视机做起了广告。他对媒体的批评很有趣，曾这样说：

媒体文化由报刊、出版之类的固体起步，因电影而变成流体，又凭借广播、电视的发达普及而转向气体化。没火的地方不起烟，媒体总是发现火种而煽风。不是有火灾而敲钟，而是因为钟响所以有火灾，这种“新”现象往往媒体是纵火犯。起码不要去协助灭火，扩大延烧的范围是媒体的机能。

又说：

活在传媒世界，都变成了传媒型的人种。传媒型人种的特性各种各样，特别突出的是自我表现欲很强。近年随着传媒领域从活字向电波扩展，这种倾向越来越严重。学者、作家、思想家、社会运动家都加入其中，同样演员化。一言以蔽之，演员化是丧失羞耻精神。在这一点上，被称作政治家的人种多数是天生的演员。

他还说过：大众文学的作用就是给现今制度下受压迫的无产阶级一味清凉剂和逃避场所。所谓文坛与媒体的关系越来越紧密，实质是媒体的商业主义对文坛拥有强大的支配力量。

1966年，大宅壮一和小说家安部公房对谈，说：现在的三种新神器是汽车、彩电、出国旅行。神器，本来指天皇家的传国之宝，而老百姓拿来当神器的，自然是实用的东西。二人的对谈已过去半个世纪，中国早已普及了彩电，但对谈的题目好像还不算过时——“电视时代的思想”。

大宅壮一要是活在当今的网络时代，一定更如鱼得水，围观，起哄，说俏皮话，刻薄地奚落，大显身手。深刻观察，给社会起一个绰号，流行一时，是社会评论家的本事，他尤擅此道：将谷崎润一郎的文学命名为“唯色史观文学”；把小说《太阳的季节》作者石原慎太郎那类人叫做“太阳族”。时过境迁，一些妙语都近乎死语，而“一亿日本尽白痴”还活着，仍然是人们议论媒体功过的常用语。模仿这个说法，70年代出现过“一亿尽摄影家”。据说那时候，在欧美要想分辨日本人与其他亚洲人，就看他脖子上挂没挂照相机。卡拉OK问世，“一亿尽歌手”。80年代，大多数人都觉得自己属于中产阶层了，“一亿日本尽中流”。2015年安倍内阁向“少子高龄化”的结构性问题挑战，实施“一亿日本尽活跃”计划，倒未必是模仿大宅壮一，因为这个句式本来就是政府的杰作。往远了说，战争年代有“一亿玉碎”“一亿尽特攻”的口号，战败后总理大臣则让全民“一亿尽忏悔”。

看透社会现象，归根结底是看透人。大宅壮一卒于1970年11月22日，三天后三岛由纪夫切腹自杀，很多人遗憾：要是大宅活着，会怎么评论三岛事件呢？他曾说过三岛由纪夫，那种芥川龙之介类型的自恋者会自杀吧。

大宅从来不相信宗教，遗嘱“死了也不要叫和尚”，但无奈的是，他死后被葬在瑞泉寺，每当忌日就得听和尚给他念经。我去镰仓看过他的墓，不好说参观，但也没祭扫，初衷是去看墓石上镌刻的手迹：男人的脸是履历。他还说过，女人的脸是账单。前几天陪朋友去镰仓圆觉寺祭奠小津安二郎，12月12日，正好是他的诞辰和忌日，有什么缘分似的，墓碑上却幽幽刻了一个字：无。1938年，小津出征南京，曾肃然接受从鸡鸣寺住持挥毫的“无”字上面“猛烈地吹过的风”。南京陷落，大宅壮一也作为每日新闻准特派员从中山门进城，目睹“发生了相当大规模的屠杀”。

不难看的死法

西部迈自杀了，死得却不够厚道。

似乎我们中国人就厚道多了，例如渡边淳一在故国被讥为下半身作家，越海到我国却哄然被捧为情色大师。他可是货真价实的医学博士，投手术刀而当小说家，经常写自杀，尤其是情死。他推荐的死法是煤气中毒，即川端康成式，或者在冰天雪地里冻死，他的小说《死在阿寒》描写了一个少女吃下安眠药酣然冻死在北海道的阿寒湖畔，这两种死法不至于死得太难看。

渡边淳一写过一个短篇小说《自杀之劝》(福泽谕吉的《学问之劝》太有名，常有人模仿这个标题)，言道："煤气自杀的话，死后脸颊微泛玫瑰色，是血中一氧化碳浓度升高的缘故。还是个可爱的少女，用这个方法死了特别美。……但那种美也随着时间丧失。那种美保持不了两小时。只有死后立刻发现的人能看见那种美。要是有把握死后马上被喜欢的男人发现，这种死法很值得推荐。"

像太宰治那样投河，六天后被打捞上来，没有了人样，死法最难看。日本把淹死叫"土佐卫门"，一说是江户年间有个大相扑力士叫成濑川土佐卫门，又白又胖，拿他的名字嘲弄被泡胀的尸体。

太宰治和情人山崎富荣一块儿死，女方喝了个饱，而太宰没喝多少水，有人便怀疑富荣先弄死了太宰，然后把他和自己捆在一条带子上，太宰治属于他杀。若确然如此，太宰治五次自杀就少了一次。此外，第一次也许是不小心把药吃多了，并非有意找死；而那次去镰仓八幡宫后山上吊只是他自己说的，空口无凭；后来和老婆自杀，又双去双回，那么，说不定他就不会变成传奇，《人间失格》《维荣的妻子》等作品当时也未必畅销。

日本人爱泡澡，在澡盆里溺水身亡的人相当多，甚至超过了交通事故，似不如中国的泡脚文化来得安全。据说，投水（江河湖海）的死亡率很低。十多年前冲绳县一男子从船上跳下去，却踩水三十个小时，最终被渔船救起，可能也因为赶上了六月的好天气。名古屋还有一老女人跳河，漂流了四个半小时，最终还是自己爬上了岸。想来人垂死时都要不由自主地挣扎，而最有工夫挣扎的就是在水中。

西部迈却谋划投水。从方法论来说，这不是明智的选择。

西部迈生于1939年，北海道人，1958年考上东京大学经济系。据其所著《六〇年安保感伤旅行》（1986年），他一进校就投身学生运动，成为造反派头头，1960年安保斗争中被捕。运动失败，组织解散，西部迈也脱离了左翼过激派，七年里一边出庭，一边读完本科又读研，专攻理论经济学，无心学习也可想而知。毕业后，他转向社会经济学，综合各种学问和思想解读经济现象。政治思想则是从左翼转向保守，逐渐站稳了保守主义立场，成为保守思想家。《走进海市蜃楼——迟来的美国体验》（1979年）一书对其转向有详尽记述。西部迈很爱把保守挂在嘴上，唯恐世上不知道他保守似的，这可能是转向者的特点，或许也有点“新参者”对保守论坛的羡慕嫉妒恨。也有人说他算不上思想家，不过是一个活动家罢了。哲学家、文艺评论家柄谷行人比西部迈小两岁，同样读东京大学经济系，同属于“60年安保世代”。学生运动时柄谷只是个群众，后来也没有转向，至今自认为左翼，主心骨仍然是马克思。许是有一种“天然的”亲切感，容易读得懂，柄谷行人格外受中国学人的追捧。

西部迈说：常说近年日本“保守化”，但细看其内容，大都是“反左翼”，论说保守思想的逻辑或理想的东西不多见。那么，西部迈所思的保守是怎样的呢？他在《思想的英雄们》(1996年)中写道：“保守思想讨厌狂热，因为这种心性是激进主义所特有的东西。激进主义者把人类社会几何学式地简单化，而且为自己付出过度简单化的代价所达到的明晰度而自我感动，狂热于立即实地应用幼稚的知识。高唱革命、维新、改革的，确实要纳入这样的部类。保守思想应避免这种狂热，甚至厌恶把自己叫保守‘主义’。主义者会陷入常见的孩子气的兴奋。埃德蒙·伯克也把为自己的狂热模样而兴奋的革命派知识人叫做‘可恶的大众’，瞧他们不起。”1983年，西部迈出版了《造大众的反》(让人不禁联想起奥尔特加·加塞特的《大众造反》)，名声大振。他认为人是不完美的，不能靠理性建构进步的社会。批判大众是他的思想核心。对于大众(群众)，不少人都窝了一肚子火。历史惯坏了大众，让他们以为历史真是自己创造或推动的。但西部迈的死与大众无关，不是被大众气的。

2018年1月21日，西部迈按计划在多摩川投水。

“自死”，不是自己杀死自己，而是自己设计并实行自己的死，听来不那么血腥。西部迈悼念江藤淳时说过，江藤淳陷入了活则衰颓，不想衰颓就只有死的极限状态，这时选择自死，在精神层面来说，不就是自然的死法吗？“自死是精神的自然。”西部迈说得很冷静。当年三岛由纪夫死得有板有眼，简直像登台表演一样，江藤淳和西部迈也都经过了深思熟虑，身兼导演与演员。然而，西部迈并非自死，而是找了两个人帮忙。这就不厚道了。难道他忘了太宰治？太宰治首次情死，女方死掉了，他却得救，警察追究他“帮助自杀罪”。幸亏家里是青森县的大地主，哥哥还当着县议员，一番奔走便得以缓期起诉。太宰治这个人看似无赖，什么都敢写，谁人都敢骂，却从来不写他哥哥，写也是说好话。其实，西部迈也该知道帮人自杀是犯法。妻子在濒死阶段求他“杀死我，杀死我，杀死我”（西部迈在2015年出版的《生与死——那非凡的平凡》一书中用汉字、平假名、片假名三种写法来表现这句话，汉语却无此功能），但他拒绝了。他觉得可以答应妻子的央求，犯下杀人罪坐牢也可以，但年将75岁的老爷子杀妻，那可太不好听了。

事实比小说更离奇。赴死的前夕，西部迈和为他笔录口述的女儿在新宿的酒吧喝了酒，然后打发女儿先回去。凌晨，西部迈给女儿打来电话，因为他平时不用手机，而且没留下信息，女儿立刻报了警，显然家人对他早有戒备。他被捆住双手，身体却用绳子系在树上，以免顺流漂走。警察再傻也要怀疑他杀，或者是有人帮助自杀。一个多月后，两人被捕，供认不讳。之所以相助，一个说尊重西部先生的生死观，另一个说跟了先生二十多年，不能不帮忙。两人前一年夏天就开始帮他准备用具，探查路线，毒药则是西部迈自备。他不使用文字处理机，一人给他打印了遗书。西部迈和女儿分手后，两人租了一辆车载他到不见灯光的自杀现场，帮着用绳索什么的装备起来，或许还看着他一步步走进水里，挣扎而沉没。关于生与死以及自杀，西部迈生前说了太多的话，甚至让人觉得不是在说教，而是给自己壮胆，最终却托人协助，可能到底不敢一个人去死，甚至当时还需要出言鼓励：“这下有决心了吧？”

西部迈说过：“如果确定无疑活着对周围的贡献低于给周围带来的麻烦，那就是该死的时候到了。”他死后不久，遗著《保守的遗言》（2018年）问世，后记是死前六天写的。他说他从32年前（那时应该还不到60岁）就大致决定了自死，后来曾三次认真地准备，连具体的细节也敲定了。去年打算实施，却赶上众议院选举，考虑到警察和区政府太忙，就不给添乱了，于是作罢。这真是体现了日本人不给别人添麻烦的美德。然而，说到做不到，还是给两个追随者及其家人添了大麻烦，演出了一场闹剧。生死事大，却说的是假话，令人对他那200多本著作也不由得疑虑。真打算“尽量少给社会添麻烦”，最好就是在家里上吊，次之则跳楼，当然要注意别砸到无辜。跳下去，“昭仓不是跳下去了吗”，或许能体会鸟一样的飞翔。自杀是需要社会付出成本的。特别是卧轨，造成交通停运，认真的日本人没有几个小时是恢复不了的。乘客们匆匆另寻通途，看似不动声色，甚至一脸的同情，心里却在骂八格牙路。好多年前见过一本书，书名就叫《自杀的成本》。有人失踪了，电视上播映人们成群结伙，上穷碧落下黄泉地排查，工本费看着就不低。非死不可的话，上吊自缢和跳楼摔死不仅成功率高，成本也比较低。日本不承认安乐死，不许自绝于国家，可能会造成自死要趁早，一旦不能动了，可就只有等死，任人摆布。

西部迈变成保守派以后就变得坚定了，但也强调平衡性，具有灵活性，和左翼也能说上话。他认为保守必须是自由主义的，保守思想的根本在于怀疑性的人性观。怀疑的矛头也指向自己，深刻认识自己的不完美性，倾听他人的见解，重视达成一致。他和左翼名人佐高信（贬斥渡边淳一是下半身作家的就是他）坐到一起搞对谈，在《电影艺术》杂志上“斗论”了六年。不仅谈电影，还谈畅销书，谈到了村上春树、内田树、盐野七生、稻盛和夫。佐高信对于把这些没有内容的书搞畅销的日本人抱有近乎憎恶的情绪，西部迈则说：归根结底大众就是那种东西。西部迈死后，佐高信说他俩毕竟不一样。佐高信是崇仰鲁迅的。

西部迈去世，找来几本他的书读了读，就算在我这儿给他盖棺了，尚飨。

芥川奖的光与影

提及文学奖，一般日本人脱口而出的是诺贝尔奖和芥川奖。各种诺奖他们可得了不少，但要说盼望，没有比“村粉”眼巴巴盼望村上春树得奖更强烈的了。村上也没得到芥川奖，这成为该奖的一个大伤疤，不时有人出来揭一揭。芥川奖连我们也听得耳熟，出版人更是关注，抢着引进获奖作品。译者也说好不说坏，仿佛这作品数第一他才拨冗移译。

芥川奖是新人奖。虽然大都需要在获得某一杂志新人奖之后，三番五次地入围，才可能如愿，但它也属于发掘、扶植新作家的奖项，是起跑，不是冲刺，无非高了档次。如果以芥川奖得主及其作品为路标写一部文学史，那只能是新人新作的青涩的历史。

凡事有两面，芥川奖也不例外，有光也有影，没有哪个作品在评选时会全票通过。获奖作品如太阳升起，人们往往只看见光，不管它还有影。例如2018年前期获奖的是高桥弘希的《送鬼火》，九位评委中五人推举，二人跟风推举，二人反对，女作家高树信子认为“这种暴力不是文学，应交给警察处治”。再如2015年后期，有两个作品获奖，其一是本谷有希子的《异类婚姻谭》，四人推举，一人跟风推举，三人无可无不可，一人反对。有些评论家认为，这位女作家最好的作品是《不凉不热的毒》。

媒体关心的不是文学，而是话题，能成为话题甚至轰动社会的是小说写了什么，以及各种属性，如作者的年龄、经历、家庭。六十多年前，当时读大四的石原慎太郎以《太阳的季节》获奖。三人推举，三人跟风推举，三人反对。不遗余力推举的石川达三说：芥川奖不是奖给完美的作品，而是奖给有优秀素质的新人。老作家佐藤春夫抵死反对，认为这个作品反道德，作为文艺也是最低级的，作者那敏锐的时代感觉也不出做新闻或者搞演出的程度，绝不是文学家的。内容惊世骇俗，先抓住了媒体的眼球，一时间报道如潮，引发了一场关于道德风俗的全民大讨论。从此以后媒体年年关注芥川奖，习以为常。对此，村上春树幽幽说：客观地看，芥川奖完全是奖给初出茅庐水准的作家的，媒体每次都一股脑地像社会活动一样闹哄，也是水准有问题。

村上春树的《且听风吟》入围芥川奖，十位评委中五人一言不发，五人无可无不可。一有芥川奖就当评委的泷井孝作说，好像读了过多外国翻译小说写的，一股子赶时髦的黄油味儿。大江健三郎也说，很会模仿当今的美国小说，但那是“无益的尝试”。一年后村上的《一九七三年的弹子游戏》又入围，大江不积极推举，但说了：能把从别处接受的东西这么当作自己的工具运用自如，这已经明显是才能。这个小说的标题让人想起大江的小说《万延元年的足球》——大江用的是英语音译，搞不清到底是不是“足球”，反正用脚踢。

高仓健拉练

想念雪。于是乘新干线北上，去青森县的八甲田山，久闻山上树挂很壮观。八甲田山是十几座火山的总称，据说因山形如“胄”而得名，却误作了“甲”。其间的田茂萢岳1300多米，在日本并不算高，有缆车登顶。车里挤满滑雪人，多是从欧美来的，人高马大。亚洲长相大都乐在用手机拍照，来去匆匆。何止树，整座山都挂满雪。

就在这八甲田山，发生过世界山岳史上最为惨烈的事件。

那是1902年1月，清政府和八国联军议和，我们的西太后回京，同样侵略了中国的日本设想俄国挥师南下，积极备战，一支210人的部队在八甲田山进行雪中拉练，指挥官是神成大尉。事前准备不充分，天气骤变，更加上指挥不当，这支队伍不久就迷失在风雪中，彷徨不知何往。神成哀号：老天不要我们啦。同时拉练的另一支队伍发现了友邻部队遭难，却置之不理。结果199人冻死，得救的也只活下来5人。

1971年，新田次郎把这个事件写成了小说《八甲田山死亡的彷徨》。80年代我做编辑时听说日本有“三郎”，即司马辽太郎、新田次郎、城山三郎，大概当今读者只知道写历史小说的太郎了。次郎写山岳小说，三郎写经济小说，各树一帜。1977年，新田的小说改编成电影《八甲田山》，高仓健是主演之一。

日本战败70年，高仓健应《文艺春秋》杂志之约回顾自己的电影生涯，2014年11月6日交稿，四天后病故，被称作“最后的手记”。他写道：“在漫长的演员生涯中，如果问哪一部电影改变了我，那是1977年上映的《八甲田山》。”高仓健一生出演了205部电影，《八甲田山》拍摄历时三年，其中185天是在雪中拍摄。“如今自卫队也在八甲田山雪中拉练，但他们是现代装备，而我们穿的是明治时代的服装。”这是日本摄影史上最严酷的外景拍摄，甚至有数名演员逃之夭夭，连参加演出的自卫队员也惊叹拍电影这么苦。八甲田山不是影片的背景，它也是主角，甚至是领衔的。

事件被当局归因于寒流和暴风雪，不了了之。问题到底出在哪里？正好给作家的想象力以用武之地。新田次郎之前已经有记者小笠原孤酒进行了长年调查。他找到了一个幸存的士兵，年高八十五，打破六十多年的沉默，说出了当时的真相。小笠原自费出版了《暴风雪的惨剧》第一部。他还把材料提供给新田次郎。然而，新田的小说畅销，小笠原的非虚构作品却读者寥寥。本打算写五部，但后来只刊行到第二部。小说以及电影使八甲田山的惨剧广为人知，但文学创作也在很大程度上埋葬了真实。

下榻八甲田酒店，房屋用一根根巨木搭建，挂了很多青森县出身的版画家栋方志功的作品。附近有“酸汤温泉”，澡堂大得出名，但朋友探头看了看，里面黑乎乎，说：还是喝酒吧，听说青森叫“田酒”的清酒很不错。

小三出书

想知道一点向田邦子的事，读了久世光彦的随笔。久世是向田写电视剧的师傅，还作为导演，与向田合作了好几部耐看的电视连续剧。向田死于飞机失事后，久世写了两册关于她的随笔。又顺便读了久世朋子的随笔。这位是久世光彦的夫人，丈夫病故五年后出版了《和久世光彦的日子》，写道："孩子出生之前，年末一起散步时，久世看见店头摆着正月用具，是那时节街上到处都有的极普通的陶瓷器，便停下脚步，买了三段重叠的食盒，外侧漆黑，画着几只鹤在松上展翅飞的喜庆图案，内侧是朱红色。不是那么值钱的东西，但买了过年用的食盒，仿佛让我看见了今后我们的前程，心里很高兴。"

我蓦地想到树木希林。

上世纪六七十年代久世光彦很风光，甚至被称作"电视剧天皇"。1979年1月，久世拍完了电视连续剧，聚会庆贺，参加的有剧组人员，还有广告主、电视台主管和记者们，一二百人。女演员树木希林最后一个发言，先说了一句：我下面说的事情，请不要报道。然后揭露：朋子怀孕八个月了，父亲是久世。希望朋子也加油，今后和夫人搞好关系。叫朋子的女演员出道不久，21岁。久世光彦44岁。场内骚然。其实一些女演员和服装师早知道了。久世的好友泽田研二跳出来大骂：八格牙路，闭嘴！身穿晚礼服的久世手握话筒应对：刚才树木女士说的是事实，全都是我缺德所致，但我是非常认真的，不是胡来。唯恐天下不乱的记者们当然不会听树林希林的，第二天大肆报道这丑闻。当年树木希林36岁。

久世光彦辞职，公司出钱为他办了一个子公司。买了红黑两色的食盒之后，孩子生了下来。妻子不容忍认领，于是久世离婚，和朋子重组家庭。他写了大量的随笔，只是在回忆向田邦子时涉笔了一下这件事。朋子也不曾提及，但我觉得她心里应该很感谢树木希林，不然，她就是个小三而已。

有个叫山口果林的女演员，电视上常见，在安部公房病故20年后出版了一本《安部公房和我》，自暴长达23年的情人关系。好像安部也想过和她终成眷属，但传闻他可能得诺贝尔文学奖，出版社反对他离婚。山口写道：安部公房死后，遗属把我置于蚊帐之外，是世上的空气，好像根本不存在，这期间被从安部公房的人生中抹掉的“山口果林”独自活着。

还有一位大家英子，出版过一本《暗室》，说她就是吉行淳之介的小说《暗室》的模特，“隐藏在深深的洞穴”里。吉行的公认情人是歌手兼演员宫城真理子，所以大家的小三名副其实。她还写了一本《夜的文坛博物志》，八卦她当酒吧女郎时哪些作家骚扰她，字里行间隐隐有得意之色。

据说树木希林常保护那些大腕要叫去房间里教演技的女演员。女作家森茉莉不喜欢她，说她名字的发音像一串“鬼鬼鬼”。

茶 话

文艺评论家小林秀雄说："泣堇是日本现代诗人所理解的诗的鼻祖，是第一个体验了西洋近代诗精神在我国多么难培育的诗人。"

泣堇，即薄田泣堇（1877—1945），写诗成名，但为养家糊口，在口语自由诗取代文语体象征诗风之际，改行写了小说。可是，小说不是谁想写就能写的，他未能像岛崎藤村那样从浪漫派诗人转型成为小说家，一部《破戒》就赚到钱，于是1915年就任大阪每日新闻的学艺部副部长。翌年开始，以"一边饮茶一边扯闲话的心情，还有画家画讽刺画似的心情"在晚报上写"茶话"，一日一话，观察自然，省察人生，洞察人，抓住了读者的眼球，连载三年多。芥川龙之介曾经应泣堇之约，为大阪每日新闻写了《戏作三昧》，他说过："《茶话》说明了薄田多么富于谐谑，长于冷嘲热讽。这个天成的讽刺家竟没有一篇讽刺诗，简直是奇迹。"文学与大众传媒几乎像油水不相溶，况且自由乃随笔之生命，泣堇赋予以字数限制自由的专栏随笔以文学性，恐怕也有赖于他的诗人功夫。诗人生田春月评说："我惋惜泣堇暂不写小说，但是读他的《草木鱼虫》时发现自己错了。这不需要冗长烦琐的小说形式的随笔中除了诗和哲学，还有十足的小说。有的篇章可以直接叫小说，然而，特别有意识地把它改为小说形式时，恐怕就削弱了那种难以言传的妙味。”泣堇的随笔集有《象牙塔》《茶话》《草木鱼虫》等。

文艺评论家厨川白村在1920年出版的《走出象牙塔》中这样为随笔定义：“冬天则坐在暖炉旁边的安乐椅上，夏天则身穿浴衣啜苦茗，悠闲自在，把和好友无拘无束交谈的话照样付诸笔端，那就是随笔。……对于随笔来说，比什么都重要的条件是笔者浓重地打出自己个人的人格色彩。从本质来说，不是记述，也不是说明或议论。”所谓“随笔”，厨川用的是外来语essay，我笼统地译作“随笔”，便抹杀了日本文学里古已有之的随笔和近代从西方引进的essay之差异。传统随笔，起初专属于贵族、僧侣、武士等知识阶层。江户时代兴起随笔热，读与写普及到民间，这种随笔的概念很宽泛，也可以把essay算在其中。所以，厨川称赞泣堇，“这就是日本文学里从未见过的绝好的随笔，堪比英文坛的兰姆的随笔”，便有点自相矛盾。英文学研究家户川秋骨批驳：《茶话》确实是随笔，但不是今天所谓essay。essay的第一条件是必须表现出那个笔者的个性或者性格，而《茶话》是有趣的小故事（八卦），看哪个都不曾露出泣堇的个性。

不禁想到周作人。他比薄田泣堇小八岁，喝苦茶很有名，说“苦茶是闲适的代表饮料”，书房也名为“苦茶庵”。1925年出版随笔集《雨天的书》，自序有云：“我近来作文极慕平淡自然的境地，但是看古代或外国文学才有此种作品，自己还梦想不到有能做的一天，因此这有气质境地与年龄的关系，不可勉强。”

戴墨镜的作家

野坂昭如病故了，享年85岁（1930—2015），合掌。

合掌之后便想起第一次在电视上看见他时的惊愕，几乎笑起来。

那是我东渡日本两年多的1990年，电视上播映大岛渚珍珠婚庆宴。只见野坂上台念贺词，逗得大岛夫妻在一旁笑逐颜开。贺词念完了，大岛说了声谢谢，野坂却猛然给他一记右勾拳，打飞了眼镜。大岛往后趔趄了几步，用手中的话筒反击，野坂的好头颅挨了两下。夫人上前把他们拉开。野坂是作家，大岛是电影导演，可算是文人打架。不是在纸上打笔仗，即便是醉酒斗殴，大概在我们中国也不可想象，因为文人嘛，就该文质彬彬，更何况还可能是人类灵魂的工程师。起因据说是大岛忘了及早请野坂上台朗读他早已准备好的祝颂妙语，这工夫他可就喝多了，恶向胆边生。文坛酒徒排行榜上他是打头的，惜乎酒德不大好。

作家里有人爱猫，有人养狗，有人如村上春树，不关心世事，不好跟媒体打交道，而野坂昭如说，他不能像鸭长明（13世纪初隐居山林，著有《方丈记》）那样旁观世道。他当歌手，作歌词，说相声，演电影，练泰拳，写小说，而且搞政治。大概这种自我显示欲，也是为克服少年时代形成的劣等感。田中角荣当首相受贿事发，野坂说：他不辞职，那就让他选不上议员。说了就辞掉当选不久的参议员，跑到田中的选区竞选众议员。在街头演讲：我要把大豆、苞米嚼碎了给妹妹吃，可最后自己咽下去了。妹妹死了以后发现她只剩下皮包骨。现在非洲有很多孩子在饿死。野坂是从战争的废墟里活过来的，基于自身经历的《萤火虫的坟墓》描写美军空袭神户，死去了母亲，14岁的清太带着4岁的妹妹节子流浪，夜里依偎在一起，看萤火虫飞舞。天皇下诏投降，一周后节子瘦弱而死。流浪的清太也死在车站，从怀中的糖果罐里撒出来节子的骨灰。高畑勲把这个短篇小说改编成了动画片，几乎每到夏天电视都重播。这样描写战争的悲惨，不知不觉地，战争加害者易容为战争受害者，所以韩国曾长期禁演。

野坂总是戴一副墨镜似的近视镜，说是与人说话，对方看不见自己的眼睛才安心。或许现实在他眼里更黑些，妄想多于想象。他和五木宽之、井上厦同属于30后作家，先后获得直木奖，被现代文学大系收入一卷。三岛由纪夫欣赏他，熟知二人的歌唱家美轮明宏这样说：三岛由纪夫生在官宦之家，衣来伸手、饭来张口，被动一辈子，羡慕像野坂那样的人，为活命而挣扎，掌握了活下去的各种本事，能动地度过人生，但最终三岛以自己动手切腹得以成为主人公。

野坂昭如走上文坛时日本已走出战败后的贫困，日益发展为经济大国，但他自称废墟黑市派，担当了记忆饥饿、讲述战争的角色。野坂去世前两天交了一篇稿子，倡导反战和平，因为不愿看见孩子们饥饿的面容。

天下茶屋

在山梨县石和温泉住了一夜，早起天阴，但没有雨意，好像只是为游山玩水遮一遮初秋的烈日，却也遮没富士山。

太宰治写道：“譬如我从印度或哪个国家突然被老鹰抓起来，咣当一下给丢在日本沼津一带的海岸，冷不丁发现这座山，不至于那么惊叹吧。正因为事先憧憬着日本的富士山，才觉得美妙，不然，完全不知道那些俗不可耐的宣传，对素朴、纯粹、空虚的心到底能打动多少呢，那样一来可就是一座多少令人沮丧的山。”富士山没有横看成岭侧成峰之趣，太作几何状，按说不符合日本人喜爱变态的审美，如陶器的歪瓜裂枣，莫非这审美意识是出于对富士山印象的反动?

驱车走老路，几近御坂岭顶上有隧道。因为下方修通了新隧道，这条隧道就成了旧的，更显得狭窄、阴暗、潮湿，很有点瘆人。穿过去后回望，洞口上刻着“天下第一”，若赶上晴天，这里是眺望富士山及其脚下河口湖的胜地。近旁有一栋木造二层楼，叫“天下茶屋”，卖汤面、烤饼之类的饮食和土特产。楼上有一间太宰治文学纪念室。原来1938年秋，太宰治在这屋里住过两个多月，写了《富岳百景》。这座日本人仰为灵山的最高峰在他眼里却是“低。与山麓的广大相比，低。有那样的山麓，至少要再高一点五倍”。富士山在天空画出一个大钝角，跟德川家康打天下的石川丈三形容它好似“白扇倒悬东海边”。

近现代日本画巨匠横山大观一生画富士山1500幅，或群鹤飞翔，或红日高照，画的是不二雄姿（富士山也叫不二山）。他说：画富士是画自己映在富士上的心。而太宰治有一句名言：“月见草和富士很搭配。”月见草傍晚开花早上谢，白天看不到“鲜艳地开着黄金色花瓣”，那应该是映在他心上的——“月见草飒爽地和三七七八米的富士山对峙，纹丝不动，怎么说呢，简直想叫它金刚力草，坚强地挺立，太好了。月见草和富士很搭配。”（注：1828年测算为3794.5米，2014年公布标高为3775.51米。）

太宰治师事井伏鳟二。川端康成说他生活有厌云，佐藤春夫把他写成性格破产者，井伏却要振作他，邀他来天下茶屋，并为他撮合亲事。《富岳百景》里用陆军实测图指摘画家们夸张富士的挺拔，就是借用了未来老丈人、地质学家的藏书。这个万把字的短篇小说更像是随笔，随意而滑稽地一枚枚排出富士与人的场景，写法像葛饰北斋画《富岳百景》。最妙的是他在东京的住处醉酒，从厕所窗口看见富士山，一个小而白的三角，不就是一幅北斋浮世绘么。

不知太宰治天生是无赖性格，还是在文学上装无赖派，正以为他终于认同了世俗富士山，最后却说了一句：甲府的富士把脸从群山后面露出三分之一左右，像一个酸浆。

天还阴着，不见富士总有点遗憾，好像望见它出游才正常。朋友说，半山腰上外国游客如云，似乎比日本人更“事先憧憬着日本的富士山”。

新绿伊香保

我喜爱春天的山，准确地说，是喜爱满山新绿。东山魁夷“只用从青到青绿、绿、黄绿的系统把色彩统一”画出来，深深浅浅，层层叠叠，而且静静的。

冬天里烟熏尘蒙，北方街边的松树是黑的。蓦地有一天新叶从煤堆似的树丛脱颖而出，那才叫亮眼。正当新绿时，读谷崎润一郎的随笔：“听熟知伊香保四季的人说，还是新绿时景色最好。伊香保的新绿确是说不出来的美观。”美得连写出名篇《荫翳礼赞》的大作家也说不出来，应该趁时去看看。

也入住千明，谷崎说他住着“首先是舒坦”。房间里放了一本《不如归》，如某些酒店备置《圣经》，原来这本使德富芦花一举成名的小说劈头就出现该旅馆——“上州伊香保千明的纸屏敞开，女人眺望黄昏景色”。旅馆说明没有提谷崎。文学且当作游玩的起兴，况且温泉泡得好，何须多管这种事。

德富芦花是熊本人，生来胆小爱哭爱生气，十一岁时，年长五岁的哥哥德富苏峰说服父母，让他跟自己到京都读书。几年后苏峰成立民友社，创办《国民之友》月刊和《国民新闻》报，芦花也入社，做笔译，写杂文。他说过：“我的嗜好一开始就在文艺，我的力量在宗教，对政治没有多大兴趣。”苦熬了十年，偶然听人讲了一个“再也不要生为女人”的故事，兴起写成《不如归》，风靡世间。苏峰当初立足于平民主义，但甲午战争后，在俄、法、德三国干预下，日本未能如愿占据辽东半岛，使他转向国家主义。《国民新闻》变为政府的御用报纸，芦花愤而写《告别辞》，跟哥哥分道扬镳。他写道：“我从很久以前就发觉我们的倾向不同。”怎么不同呢？“就是在经世的手段上也是你置重于国力膨胀，执帝国主义，我汲取雨果、托尔斯泰、左拉诸大人的源流，执人道大义，执自家的社会主义。”所以，“真理之山多峰”，咱们就各立一峰吧。这篇绝缘书在世上卷起大波，人们总觉得文字底下必另有隐情，竞相索解。托尔斯泰给辜鸿铭回信的1906年，芦花要去俄国拜访他，写信说本人“职业是颇为拙劣的小说家，而社会信条是社会主义信徒，但不赞同其他社会主义者的非战论，彻底主张征讨俄国”。

二人写名字，德富苏峰（取自熊本的阿苏山）的富是宝字盖儿，而德富芦花（爱芦花没什么看头）的富是秃宝字盖儿，似乎也宣示兄弟失和。15年过后，芦花在伊香保养病，叫来了苏峰托付后事，半天后病故于千明旅馆。除了葬礼，苏峰从来不谈不写弟弟的事。他去世40年后的1997年，孙子发现了一份遗稿，是战败后苏峰被指为战犯，蛰居草庵口述笔录的，“不为公之于世，世上对于我兄弟有误解，所以为子孙回忆，留记录于兹”。遗稿付梓问世，芦花已去世70年。苏峰所写当然是一面之词，却也是对历史的交代，省得后世像和尚解结一样费猜想。

伊香保那里有德富芦花纪念文学馆，石上刻了一首苏峰悼念芦花的七绝：牢骚湖海少知音，想到当时泪满襟，花木成荫人不见，九泉唯合识斯心。

病入文学

还记得《血疑》，上世纪80年代这部日本电视连续剧把中国看得街上无贼。照原文直译，叫“赤的疑惑”。山口百惠扮演的幸子得了白血病，惨惨戚戚，赚足了中国人眼泪。2005年重拍，石原里美的幸子，像山口一样有动人的嘴唇。舒淇厚了点儿，安吉丽娜·朱莉就近乎外翻了。

美国作家埃里奇·西格尔1970年出版的《爱情故事》有点像陈腐的童话故事，然而用白血病感动了世界。日本也有白血病小说，片山恭一于2001年出版的《在世界中心呼喊爱》可算作高峰，单行本印数超过村上春树的《挪威的森林》上卷。正统推理小说需要封闭性，出事时全都在场，人人有作案动机，而爱情小说需要时间性，凡事天长地久是人的本能性愿望，短暂就酿成悲剧。白血病必死无疑，为故事备好了时间限定。世上并没有超越时间的生和爱。像幸子那样，眼看着只有一年半载的活头儿，与其说是与病斗，不如说赶着时间活，抓紧时间爱，连赶带抓出“纯爱”。这种爱有一点懵懂的侠义，还有点柏拉图式，甚而干脆让幸子跟相爱的光夫是血缘的兄妹，先就排除性，爱得才更纯。渡边淳一的“淳爱”是中年人厌烦了家累的婚外恋，完全建立在肉体关系上，或许有冲破伦理的纯粹，却触犯道德的纯洁。

白血病是制造爱以及纯爱的装置，它之前是肺结核。也写小说的文艺评论家苏珊·桑塔格在随笔《疾病的隐喻》中指出：18世纪中叶，西欧已经把结核跟罗曼蒂克联想在一起。林黛玉咯血也就是那时候吧。桑塔格认为，患者对致死的忐忑空想、医生的热情探索、艺术和社会等制度编造的神话，把疾病变成了“隐喻”。结核的隐喻首先被用来描写爱，但浪漫主义以后，结核被当作恋爱病的一个形式。健康倒成了平凡的，乃至卑俗的。明治年间正冈子规写随笔《病床六尺》记述患肺病之苦，号子规，也就是啼血的杜鹃，又叫不如归。日本从西方拿来近代文学，也搬演结核神话，德富芦花的《不如归》堪为第一作。当时还处于普及结核这种传染病知识的阶段，使女主人公与世界产生距离，以致死亡的，不是周围的坏人，而是结核病。肺结核文学的典范是堀辰雄的《起风了》。不治之症，甚至被称作亡国病，却是一种“美丽的病”，苍白的脸颊泛着红晕，扶起娇无力。堀和未婚妻都身患结核，到长野县的高原疗养所疗治，他有所好转，未婚妻却死去，这段经历便写成《起风了》。

宫崎骏的动画片《起风了》借用堀的两个代表作《菜穗子》和《起风了》为一个设计飞机的人立传，将七八十年前的肺结核故事像落叶一样刮了起来。链霉素发明，肺结核不是非死不可的了，丧失了“隐喻”作用。文学转向癌，但唯有白血病（血癌）“最美丽”。桑塔格说，白血病是“白的”、与结核相似的病，跟胃癌、乳癌不同，不必考虑外科切除。源于生活，1964年畅销的《凝视爱与死》汇编一个大学生和身患癌症的恋人三年间的通信，始作俑纯爱故事，但手术失去半边脸，毕竟不大好拍电影。如苏珊·桑塔格所言，结核是两义的隐喻，一方面是灾祸，另一方面象征纤细；癌只被视为灾祸，隐喻地说，它只是内部的野蛮人。围绕癌的神话会继续下去，像结核一样，直到哪一天找出其原因并发现有效的治疗方法。

有些病不能随便拿来写故事，例如麻风病，松本清张的《砂器》借以批判社会，反而被批判为歧视。筒井康隆的《无人警察》幻想机器人交警检测“有发作癫痫之虞的人在开车”，遭到抗议，乃至投笔好多年，但近年来连续发生多起驾驶中癫痫发作致人死伤的事件。把事实加工成文学，往往要美化，人们一旦把文学还原为现实，事实就被歪曲了，文学甚至会变成一种暴力。如今谁还拿白血病说事，难免第三个是蠢材之讥。大概最可以被作家操作的是精神病，变化多端。村上春树小说中的人物，特别是女人，都有点精神不正常，例如《挪威的森林》里直子患有精神病，顺其自然地自杀。美化自杀是日本的传统。

考楢山节

老作家井伏鳟二告诉深泽七郎："那个不是楢木，这边的才是。"深泽觉得自己写了《楢山节考》，得知道一下"楢"，可它叶子太一般，不好记。

楢，据说就是枥，别称橡，俗称柞。要说柞木，那我是知道的。青春岁月被下乡，那嘎嗒满山柞木林，冬天就砍来当柴烧。不过，我不是好知青，想不起叶子长什么样，只记得枯而不落，群山就好像生了锈，挺有看头儿。至于橡，在我的印象里它是外国小说里的树木，用来做酒桶——日本叫做楢，倒是把这个汉字用神了。

深泽七郎凭短篇小说《楢山节考》一举成名。有人说这个作者有这一个小说就够了，又有人说如果日本战败三十年来只推举一篇小说，那就是这篇。七郎并非排行老七，而是他家后面有一座七面山，庙里供奉七面天女，被信佛的父母拿来起名。山在山梨县。小说取材于山梨县，但长野县有"姨舍山"，人们就以为作者是根据那里的"姨舍山传说"编出了这个故事。

"姨舍山"的舍，作动词，按中国语法是舍姨。传说有个人把抚养他的姨丢在山上，偏巧山上生明月，清光洗心，幡然找回姨。这就是弃老传说，好些民族都有的民间故事。有的老人被儿子往山上背，一路折枝，怕儿子回去时迷路；有的人带着儿子去丢弃老父，儿子说别扔了背篓，留着以后背你用。总之，都有个天伦之乐的结局感人。《楢山节考》虽然似乎也深化亲情之美，但却用弃老行动的残酷打击人们的脆弱感情。可能我们中国人知道《楢山节考》多是看过据之改编的电影，觉得看到了日本的习俗，甚至还看出日本文化具有残酷性。

关于这个小说，深泽七郎写过随笔，道：

> 传说里姨舍是把老人放在现在的姨舍山放光院长乐寺的姨岩上，也有说是从姨岩推下去丢掉。但听说这不是事实，姨舍的传说是从中国传来的，而原话是印度的传说，这个信浓的姨舍山只是地名。
>
> 丢弃父母太不合情理。若是中国或印度的进口传说，那就是舶来故事，日本人没有那么残酷的历史，也可以为此骄傲。而且，应该不会以此就成为名胜。据说日本的传说或物语多半是来自中国的进口货，安珍、清姬的《娘道成寺》等也是中国《白蛇传》的改写。然而，因为姨舍传说是进口货，就可以得意一下，也有点莫名其妙。有人怠慢上年纪的父母，这是活着就丢弃了。事实上现今在哪里也听说这种事。

长野县古时是信浓国。大概“姨舍山传说”使当地成为赏月的胜地。每当中秋，人们聚在山头，月亮一出来齐呼万岁，然后作乌兽散——不是赏月，是拜月。深泽还写道：

如今公爵王的新车开上这残酷传说的姨岩近旁，姨岩与豪华汽车并排令人不舒服。传说与文化的对照太鲜明似乎是残酷的。

小说教室

听说一位80后女作家上学去了。

倘若在日本，像她这么有名的作家可能早就被大学请去当教授，教教写作什么的。日本作家也有休笔上学的，例如五木宽之，曾休笔两年到大学旁听佛教史，后来写莲如、亲鸾等和尚，年高八十几，俨然有了点教祖模样。连城三纪彦得度之后也休笔过一年，听佛教学教授的课。一个人写了好些作品，忽而回炉学写作，或许读他多年的粉丝们不由得怀疑自己的法眼。作家要有思想，但不必用理论武装自己，按图索骥。有理论的作家大概适合当先生，日本有不少供他们用武的“教室”。

“教室”——学珠算叫算盘教室，学英语叫英语教室，还有茶道教室、书法教室什么的，想要当作家则去小说教室。据说日本有500万人想要当作家，并没有哪个协会认定，通常获个什么奖就算是出道，好在大大小小的文学奖项有300多，每年都有三五百人获奖。宫部美雪爱读推理小说，读着读着自己也想写，23岁开始上讲谈社办的“娱乐小说作法教室”夜间班，一年有半，应征“万有读物推理小说新人奖”，第三回入围，第四回获奖。筱田节子也上过这个学校，35岁获得“小说昴新人奖”。她说：“我起初上讲谈社的娱乐小说教室是平成元年，昭和天皇驾崩的日子。上课第一天发了小册子《从我们教室辈出了这些作家》，啪地翻开，最先看见了宫部的照片。”这两位女作家先后获得直木奖，都早已是大众文学之重镇。

这种小说教室像工匠的作坊，师徒相授。名师出高徒。村田沙耶香2016年以《便利店人》获得芥川奖，每当介绍她就会说她在横滨文学学校跟宫原昭夫学过。宫原得过芥川奖。沙耶香在校写的第二个作品获得了“群像新人奖”。山田洋次导演的喜剧片《家庭有难》里的老婆上的就是这种小说教室，场景是学生提出作品，集体讨论，老师讲评。老头退了休，问老婆过生日想要什么，她递过来一张离婚书请老头签字。

大阪也有文学学校，创办于1954年，学生累计约1.3万人，老作家田边圣子也读过。朝井MAKATE（祖母是冲绳人，朝井用她的名字当笔名，却不知是什么意思）毕业于文学系国文学专业，47岁上大阪文学学校，49岁获得“小说现代长篇新人奖”，55岁以《恋歌》获得大众文学的最高奖项直木奖。以前还出过一位芥川奖得主玄月，朝鲜裔日本小说家。他也办了小说教室，叫“玄月之窟”，还开了一间文学吧，取名“读书人”。

朝日新闻社1973年开办“朝日文化中心”，各种教室遍布各地，中国文学研究家驹田信二曾主持小说教室，把重兼芳子由主妇培养成了芥川奖得主，轰动一时。“娱乐小说作法教室”停办后，当过推理作家协会理事长的山村正夫自办“小说家入门·山村教室”。他一生培养出好多作家，足以留名文学史。

五木宽之发出疑问：“尝试写小说时，加入这种教室，有写作的伙伴和前辈好，还是像我这样孤狼一般地干好呢？”

流浪记

又上演《流浪记》了。原作是女作家林芙美子近乎自传的小说，也就是演她。原先这个剧是森光子的拿手好戏，半个世纪演了2000多场，80岁还在台上翻跟斗，遗憾三年前去世。这回由仲间由纪惠扮演，看客却抱怨：无论怎么恭维，林芙美子也不美。剧中就有人叫她丑八怪，可由纪惠那么漂亮，怎么看怎么别扭。唉，都是漂亮惹的祸。

林芙美子有志于文学，却没有时间写作，便记记杂记似的日记。“把十六岁到二十二三岁的日记隔三岔五地摘录而成的东西就是这流浪记。”书稿交给读卖新闻社的记者，被丢在抽屉里。三上於菟吉在记者处看见，觉得有意思，便推荐给了长谷川时雨。时雨是日本近代第一位女剧作家，和小她12岁的三上再婚。三上写大众小说，赚了钱给妻子买钻戒，但时雨说：有那个钱，不如给我办一个女性杂志。芙美子赶上《女性艺术》1928年创刊，登载了一篇大获好评，便连载20回。芙美子狂喜，森光子在台上用翻跟斗来表现，由纪惠改为侧手翻，也翻得挺带劲儿。

芙美子的继父是行商，她跟着父母在九州一带到处转，四年里七度转学。19岁来东京，贫穷中不断换工作，换住处，换男人。作家有穷的，但没有比她更穷的。有编辑去林家约稿，芙美子连一件“浴衣”都没有，身穿红色游泳衣。《流浪记》是芙美子文学的起点，恐怕一些记忆也像噩梦。开头有两句名言：“我命中注定是流浪者，我没有故乡。”当初这是她的青春故事，成名后加以修改，几乎变成了成功人士的传记。芙美子放下当诗人的理想，又写了《续流浪记》和《流浪记第三部》。

1930年，《流浪记》结集出版，芙美子一夜成名，揣起版税先去中国旅行，又经西伯利亚去了巴黎。这样旅游当年在女作家里很罕见，大概是行商练出来的本事。1937年12月，日军攻陷南京，她担当某报从军特派员，作为女流之辈第一个进城。1938年10月参加笔杆子部队进入武汉，又是红一点。生活在社会最底层的女人，像狂欢一样充当战争的吹鼓手，而且正因为出自底层，她才能跟上士兵的行军吧。战争使芙美子成为时代的宠儿，但她不曾写小说，直到战败之后，才把1942年在东南亚的战争体验写成长篇小说《浮云》，浮雕了战败后日本人的虚无感和当时的混乱世态，被视为反战作品。

对于林芙美子的摇身一变，给她写过一部“评传剧”《敲鼓吹笛子》的井上厦是这么看的：

> 林芙美子的“转向”也是有意思的思想问题。从日中战争到太平洋战争，她作为军国主义宣传的女郎曾大肆活跃，战后却摇身一变，写了很多所谓的“反战小说”。只看这一点，她就是个见风使舵的女人，然而她的“转向”有一种凛然的觉悟。彻底追究了自己当宣传女郎时代的责任，这就与其他的平庸作家不同。我们谁都会犯错，但是她清楚地凝视自己的过错，战后写了确实很好的作品。

《新青年》

“新青年”是一本杂志，上世纪的人很耳熟，虽然也未必能详，或许只知道那上面刊登过一篇关于体育的文章。陈独秀1915年创办，曾写道：

> 本志社员中有多数人向来主张绝口不谈政治，我偶然发点关于政治的议论，他们都不以为然。但我终不肯取消我的意见，所以常劝慰慈、一涵两先生作关于政治的文章。在他一方面，外边对于本志的批评，有许多人说《新青年》不讨论政治问题，是一个很大的缺点。我对于这个批评也不能十分满足，曾在《我的解决中国政治方针》演说中回答道：“我们不是忽略了政治问题，是因为18世纪以来的政治已经破产，我们正要站在社会的基础上造成新的政治；我们不是不要宪法，是要在社会上造成自然需要新宪法的实质，凭空讨论形式的条文，是一件无益的事。”因此，可以表明我对于政治的态度，一方面固然不以绝口不谈政治为然，一方面也不愿意和一班拿行政或做官弄钱当作政治的先生们谈政治。

这个杂志的硕果之一是产生了鲁迅。他说:“我做小说，是开手于1918年,《新青年》上提倡‘文学革命’的时候。”

又过了两年，1920年，日本最大的出版社博文馆也办了一个杂志叫《新青年》，从中产生了很多侦探小说家，如江户川乱步、横沟正史、牧逸马、梦野久作、久生十兰，对日本侦探(推理)小说的发展卓有贡献，以致人们以为它是侦探小说的专门杂志。其实,《新青年》是综合性杂志，漫画、体育、服饰无所不有，侦探所占篇幅始终不超过二三成。创刊初衷是教养类，读者对象锁定了农村青年。时当第一次世界大战胜利，日本捞到了殖民地，需要人们去占据。日本没有中国特色的分家传统，明治宪法规定长子继承家业，女儿们一嫁了之，次子老三若不出去闯天下，就得给大哥当长工。《新青年》配合国策，鼓动年轻人“雄飞海外”。为吸引读者，格外热心地刊登了当时正兴盛的欧美侦探小说。松本清张十七八岁时就是从《新青年》的翻译作品中知道了侦探的奇妙。

编辑们虽认为日本的原创比不上欧美，却也期待翻译给创作带来机运。此时，江户川乱步的旧书店开到了头，上门向日本第一家私立侦探事务所自荐，却未被采用，于是用自负的推理才能写小说，1923年投给《新青年》，编辑们惊疑——这真是日本人的创作吗?江户川的《二钱铜币》一鸣惊人，与小酒井不木的《恋爱曲线》(1926年)奠基了日本的侦探小说。横沟正史先当了三个月编辑，1927年升任主编，将明朗的现代风格和潇洒的纨绔主义，与侦探趣味相调和，酿成了一种魅力。江户川却觉得“横沟君主张的现代主义这个怪物把以往趣味的侦探小说赶到了实在尴尬的境地”，掉头给《改造》杂志写《阴兽》，字数超出约定，被横沟拉回《新青年》

连载了三期，好评如潮。

日本搞战争，规制侦探小说，有专人审查江户川的作品。侦探衰微，一些作家转而写武打小说，但武打小说有宣扬武士道之嫌，战败后被占领军规制，侦探小说又得以复兴。《新青年》却几经周折，于1950年停刊，残余的博文馆只出些笔记本、日记本，以至于今。

一不怕雨，二不怕风

明天，8月27日，是宫泽贤治诞辰120周年。他的故乡在日本东北的岩手县花卷，那里的宫泽贤治纪念馆纪念他，正举办“不畏风雨”展。

“不畏雨/不畏风”是他的名句，无人不知。1929年，美国引发世界经济大萧条，殃及日本，1931年东北又遭遇冷害，农村陷入危机，甚至出现了卖妇鬻女的惨况。时当深秋，贤治卧病，在笔记本里记下了这首“风雨诗”，死后被发现。全诗没有主语，但可想而知，他要和农民们一起，“干旱时流下眼泪”，“冷夏时坐立不安”。他说过：整个世界不幸福起来，就不会有个人的幸福。2011年3月11日，日本发生大地震，花卷也受灾严重。贤治的诗句让人们鼓起了抗灾的勇气，不向风雨低头，不能输给灾难。全世界都唱起了“不畏风雨”，为日本加油。

贤治生于1896年，出生前的6月，岩手县沿岸遭到大海啸袭击，出生后4天又发生了七级大地震，似乎他生来就必须不畏风雨，不畏冬雪和夏暑，也不畏地震与海啸。贤治多才多艺，佛教、文学、自然、农业、音乐是他人生的要素。可惜他只活了37年，病故那一年岩手县也发生了地震。贤治短短的一生大约写了800首诗、100篇童话，但生前只出版了一本诗集《春与修罗》和一本童话集《要求多的餐馆》，是自费出版，大半卖不掉。他活着的时候并没有名气，但死后，随着时代的变迁，人们从他的作品及生活方式中读出了人文主义、和平主义，近年又联系到环境运动，予以高度评价。贤治热爱自然，憧憬宇宙，关心科学。有人统计过，在他的作品中出现的植物有500多种，动物有140多种，其中鸟类51种，哺乳类41种。诗文中地质学、哲学、宗教等的用语很多，还混杂了几种外语和岩手方言，简直像语言博物馆。

19岁的贤治考上了盛冈高等农林学校，这是日本第一所国立的农学、林学以及兽医的高等学校，全国招生。盛冈距花卷不远，县治所在，是那位用英文撰写了一本《武士道》的新渡户稻造的故乡，出产如今中国人大肆喜好的铁壶。贤治从小对岩石、矿物感兴趣，被叫作“小石头”。他的童话代表作之一《银河铁道之夜》中写道：“这沙子都是水晶，里面燃烧着小小的火苗。”他学习地质学、土壤学如鱼得水，从此跟农业打了一辈子交道。贤治30岁时辞掉了薪酬优渥的农学校教职，撰写《农民艺术概论纲要》，开设农民讲座，要把为了吃的农业变成为了快乐地生活的农业。

那时候日本的农村跟中国一样，岩手县因冷害、干旱等天灾经常闹饥荒。现今旅游到那一带，到处都还能见到遗留的饿死供养之类的碑石。贤治家开当铺、卖旧衣，生活富裕，但他通过父祖的生意看见了农民生活的困苦，觉得家业很可耻，不愿意继承。宫泽家信奉佛教，代代信的是净土真宗，但贤治18岁改宗法华，“无欲无求/绝不发怒/总是平静地微笑”，“对所有事情不过分思虑”，始终不渝。他认为“今后的宗教是艺术，今后的艺术是宗教”，有志于“法华文学”（用文学传布法华经的教义）。他25岁开始写童话，自信“足以惊倒当今的日本文坛”。贤治的文学，语言独特，富有幽默感，至今打动人心的是那颗慈悲之心。虽然很热爱，贤治却终于未专事写作，毕竟受家庭影响，在东京还谋划过经营人造宝石业。他小时候被叫做小石头，晚年在碎石厂工作，仿佛是一种宿命。日本的传统房屋是木造的，明治维新以后西方化，砖石成为摩登的结构，如几年前复旧的东京站。贤治到东京推销建材产品，精疲力竭而病倒，回花卷养病，写下了“风雨诗”，两年后的1933年9月21日病故。

著名作家井上厦说：“贤治是人的样板。”

东海林随笔

东海林祯雄是漫画家，也是随笔家。他的四格漫画被叫做上班族漫画，据说他画出了上班族的哀愁，得过日本漫画家协会大赏，但好像他从没上过班。说实话，我不爱看，虽然人物画得像快要干渴死的大口鱼，看着就逗乐。我喜欢他的随笔。例如《这也想吃、那也想吃》，自1987年在《周刊朝日》上连载，已经有1400回，结集37册，其中《啃头猪》获得讲谈社随笔奖。给《all读物》(文艺春秋出版社刊行的娱乐文学月刊，与纯文学杂志《文学界》配对)写《男人分别学》也长达36年了，最近写的是《初体验入院日记》，身体终于出毛病。他生于1937年。

可能中国没出版过东海林随笔，那可如何夸赞是好呢？有个搞中国语言文学的，随笔写得好，叫高岛俊男，这样一言以蔽之："要是让我举出一个20世纪日本的文章天才，我毫不踌躇地回答'太宰治'，次之大概是东海林祯雄。"我们都知道太宰治，东海林的座位就排在他后面。不过，我固然爱读，但是就当代文章来说，能排在东海林之前的作家可不少，如丸谷才一、出久根达郎，也包括这个高岛俊男。但这种事，随人所好，未必有一定之规。

与“孤独的美食家”相比，东海林写的大多是“B级美食”，也就是“深夜食堂”那样的。而且自掏腰包，20年里编辑部只给他付过十次钱，不是像村上龙那样为人做广告。东海林的文章娓娓道来，有一种平民百姓的乐趣，不见孤独。行文的特点是一句一行，或许那就有他说的“汉诗一般美的节奏”。请读者尝鼎一脔，但我把文字拢在了一起，反正中国稿费论字不论行。只见他写道：

> 刚捕来扑棱扑棱地跳来跳去的鱼就在眼前，多半人都想：“把它做刺身吃。”不限于鱼，章鱼、乌贼有点动弹就想弄刺身吃，虾、贝有点动弹就会“弄刺身……”对动弹谁都寄予异常的关心，就叫它日本人的“动弹就想弄刺身吃症候群”。多半日本人都得了。在日本旅馆等，吃饭端上来船型容器，摆满了鲷鱼，尾巴一抽动，就大为高兴：“啊哈，动了，动了。”说贝壳中的鲍鱼扭动了，大为高兴。不动甚至用筷子捅它动，高兴地说动了，动了。鳞介类动弹，由此发现不得了的价值。那极致的情形在水族馆。看见转圈游的竹荚鱼或鲣鱼必有人嘀咕：“做刺身很好吃吧。”有“活蹦乱跳吃”的说法。并不是人一边活蹦乱跳一边吃，银鱼才是活蹦乱跳的主儿。这类就达到刺身的极致。绝对没有更厉害的刺身。这样得了“动弹就想弄刺身吃症候群”的日本人动弹也一点不想弄刺身吃的鱼只有一种。鳗鱼。

接着写日本其实也有生吃鳗鱼的店，请哪家出版社翻译给诸位看吧，以免我引用超限。记得20多年前刚来日本那会儿，观光皇居，见濠中群鲤从容，不由得想到红烧。中国人也爱吃活蹦乱跳的，但服务员把鱼虾捞来给食客确认之后就是店家的事了，古训云：见其生不忍见其死，君子也。

连载之说

我常佩服日本人的有恒。

譬如连载。最近漫画家秋本治结束了《这里是葛饰区亀有公园前派出所》，这个连环画在《周刊少年JUMP》上连载竟长达40年，而且一周一回，从未间断过，令我友邦惊诧。虽然不爱看，却也乐见它“绵绵无绝期”。

如此漫长的连载并非他蝎子粑粑“独”(毒)一份。日本的各种报纸，大报小报，日报晚报，几乎都设有四格漫画栏，没完没了地连载，好像都不信奉见好就收云云。例如漫画家东海林祯雄，年高七十七，这才把《朝手君》收摊。他画的是四格漫画，主人公姓“朝手”，谐音“后天”，寓意明天比今天、后天比明天更美好。在《每日新闻》这份日报上连载40年，计13749回。而《周刊文春》《周刊现代》上还连载着，分别始自1968年、1969年。

不单漫画，小说更是连载的大宗。例如在中国也大卖了一阵子的山冈庄八所著《德川家康》连载18年，计4700回；池田大作在日报《圣教新闻》上连载小说《新人间革命》将近6000回，犹未有穷期，无疑是日本也可能是世界第一。世界上唯日本最重视连载小说。法国在巴尔扎克、欧仁·苏、大仲马的年代盛行过，终不如日本持久。听说日本之外就只有韩国媒体还坚持连载小说，虽然都大不如前。五木宽之自1975年在《日刊现代》上连载随笔，迤逦至今，2008年以连载8000回被列入吉尼斯纪录，偶尔读读，多是没话找话，自毁名声而已。

连载是报刊连续性的产物。1871年日本第一份铅印日报创刊，不久出现了连载小说。1907年夏目漱石辞去教职，被朝日新闻社聘去写连载小说。他说："通算东京、大阪，我《朝日新闻》购读者足有几十万之多。不知其中有多少人读我的作品，恐怕大部分不会窥见过文坛的背巷或后院。我想是作为普普通通的人率真地呼吸大自然的空气，稳妥地生存。我相信能够在这些受过教育而且平常的人士面前公开作品是自己的幸福。"夏目漱石的长篇作品全都是连载的结果。这种阅读方式长达一个半世纪，培育了日本人的文学素养，能写成大半本日本近现代文学史。先在报刊上连载，而后合为单行本出版，可以赚两份钱（稿费和版税），村上春树却讨厌连载。

东海林是个体户，自称"超优良企业"。作为一种职业，日复一日，似乎也实属正常。所谓工匠精神，不就是坚持乃至固执吗？不过，依我这个中国人看来，难能可贵的是媒体居然用他这么久。这么连绵不断，哪里会抱有无常观？

《论语》有云："善人吾不得而见之矣；得见有恒者，斯可矣。"我在日本侨居将30年，斯可矣，胡不归？

遗孀们回想的作家

一旦老公先走了，他若是作家，遗孀就可能提笔写写他。即使不想写，往往也经不住编辑死乞白赖的劝诱，说是为文学。江藤淳死了妻子，自身脑血栓，决定自我了断这“形骸”，割腕自杀，留下札记《妻和我》，但看点还是在作家本人，而作家的妻子写先夫，卖点是作家。远藤周作说：写东西的人的遗属应该不谈其人生前的回忆之类，谦虚谨慎地度日。但他死了仅一年多，其妻远藤顺子就写了《丈夫留的作业》。因被宫崎骏借用题名《起风了》，堀辰雄在我国也声名鹊起，他死了之后，其妻堀多惠子写他写了半个多世纪。

日本这类书不少，我读过几种，例如太宰治之妻津岛美知子的回想。

美知子生于1912年，比太宰治小三岁，东京女子高等师范学校（今御茶水女子大学）毕业，在山梨县立都留高等女学校执教。父亲是地质学家，写过山梨县名胜，如《富士山的自然界》，太宰治创作《富岳百景》时即参照了此书。1938年，井伏鳟二把太宰叫到了山梨，给他介绍对象——大龄女青年美知子。当时太宰治还是个卖不出去的作家，多次自杀未遂，而且药物中毒，因而对这桩婚事亲戚们予以阻挠，但美知子不理。她读过太宰治的作品，“没见之前就被他的天分迷惑”，却也觉得像他这样净写些自己的事，简直是自己啄自己。二人一见钟情，太宰也表示重新做人，特地给井伏鳟二写了一纸结婚保证书，意思是今后好好过日子，不再搞自杀。虽然太宰家里是青森县的大地主，但不愿管这个不肖子孙，太宰治为钱犯起了愁，但美知子家不计较。太宰下了20日元聘礼，美知子家退还一半，他大为高兴，殊不知此乃当地的风习。

婚后，太宰治发表的《富岳百景》后半部分、《跑来倾诉》等作品都是夫说妇记的。美知子回想：蚕吐丝一般口述全文，不停顿，不重说。她还回想：太宰治喜欢用毛笔写东西，自诩我的字不是学来的，完全是自己的字。年轻人来家，他喝醉了，不管人家请不请：“拿纸来，研磨！”得到墨宝的人也醉了，可能就丢在车站的长椅上。他流传后世的书画全都是醉草。

太宰治把井伏鳟二当老师，却在遗书上写下井伏是坏蛋。莫非怨恨这位先生多事，给他牵线成婚，以致他心里毕竟有了家累？据说太宰治死前说：我把稿费都喝掉了，让家属遭罪，如果出全集，我死了就可以给家属。八云书店出版了太宰治的第一个全集，两个月后太宰和情人投河，中野好夫说他“就在夫人家鼻子底和别的女人抱着漂起来，丑得不能再丑了”。托朝鲜战争的福，日本经济迅速恢复并发展，创艺社又出版了《太宰治全集》16卷，美知子为各卷撰写后记。于是世人得知太宰的《女学生》是根据“某年轻的陌生粉丝”寄来的日记创作的，被太宰骂作大坏蛋的川端康成对这个短篇小说赞赏有加。“女学生”叫有明淑，太宰把发表此作的杂志送给她，以示感谢。1996年，青森县近代文学馆公开了有明淑日记，某教授考证《女学生》九成是“抄袭”。

夏目漱石的心

一部小说，哪怕是名著，有人说好，也会有人说不好，这就是见仁见智吧。夏目漱石的《心》即如此，而且也像是时代使然，说不好的人似有增多之势。已故评论家吉本隆明说："在日本近代作家里，要说唯一一个足以象征明治以后所有问题的文学家，非漱石莫属。"小说家岛田雅彦六度入围芥川奖未果，却当上了芥川奖评委，几年前看见他上电视说："漱石作品中最讨厌《心》。此外也有好作品，为什么唯《心》被大捧？国语教科书采用这个作品，所以大多数人都绕不过去。"同样未获得芥川奖、被岛田讥为作品已落后于时代的村上春树在哪里说过："若具体地举出以前在文体上强烈吸引我的人，有菲茨杰拉德、卡波特、钱德勒、冯内古特、夏目漱石，此外还很多。"至于漱石的《心》，有道是："我喜欢漱石，但《明暗》和《心》怎么也喜欢不起来。"

小说是小说家的武器，把自己的好恶写进小说是常事。知道了村上春树的看法，再读被他从简得没头没脑的《山鲁佐德》(见短篇小说集《没有女人的男人》)，就读出了对《心》的嘲讽，甚至要觉得他这个人长得挺朴实，却有点蔫坏阴损——从事"援助活动"

的山鲁佐德每次做完爱，都要给羽原先生讲一个故事，就像《一千零一夜》中的王妃山鲁佐德；不过，王妃不讲就要被杀掉，而村上的山鲁佐德握有话语权。一天，讲到她上高中时潜入暗恋的男生家里，偷看他的笔记本。“他写的读后感也读了。写的是关于夏目漱石的《心》，那是暑假的必读书。看来确实是成绩优秀的学生，用漂亮的字工工整整写在稿纸上，看到的地方也没有错字漏字。评分为‘优’。当然的。用这么好的字写文章，什么样的老师，哪怕根本不看内容，也会默默给个优吧。”

武田泰淳在日本近现代文学史上属于战败后头两年出道的第一批战后派作家，他说：《心》就是个习作，写得也不好，人们读它不过是因为容易懂。那样的东西是日本精神之根本，这种想法非常使日本文化贫弱。

年代离夏目漱石更近的大作家谷崎润一郎当然承认他了不起，但是不喜欢。说那个《心》读了实在没意思，其实有一半就够了，只觉得啰里啰唆地拖沓。漱石的作品也就到《从今往后》，往后就渐渐讨厌了。

有一个叫小谷野敦的评论家，在野，看封底的照片，一副老烟枪的模样，显得脏兮兮，见解却有趣，虽然可信度常有点可疑。他写了一本《〈心〉真是名作吗》(2009年)，为世上的古典名作下判决。但文学作品并没有普遍的价值基准，所以他说好说坏终归是一己之见。不过，书名拉《心》的大旗，可见这部小说的影响足以当虎皮吓人。小谷野这样记述《心》的阅读史：最近，有人认为《心》是漱石的代表作，甚至也有人将其当作代表日本近代文学的作品论说，但是它发表之初却被视为失败作，直至战败，不大有人谈论。战败后，文艺评论家龟井胜一郎等人说它是描写友情与恋爱的纠葛的青春小说，高中的国语教科书也采用，以至在夏目漱石的全部作品中，在庞大的日本近代小说群当中，读者之众渐渐无出其右了。

《心》是100年前的作品。1914年（大正三年）在东京、大阪两地的报纸《朝日新闻》上连载，随即由岩波书店出版单行本。此书是岩波书店从旧书铺向出版社转身的第一枪，却是漱石自费。那一年他47岁，前有《行人》，后有《道草》。此作分为三章：先生和我，双亲和我，先生和遗书。由两部分构成，前两章是“我”用切身经历讲述，最后一章完全是读者跟着“我”读先生写的遗书。

——“我”在镰仓的海水浴场呆看一个西洋人下水，结识了陪同他的先生。小说家言，起笔便隐含对明治知识人的态度。从某种程度来说，日本的近代化就是跟在西洋的脚后追赶，拿西洋的尺度量自己，是一个放弃自主性的过程。“我”回东京后经常造访先生，对他的思想和学问怀有敬意。先生不相信人：“钱呀，我告诉你，一见钱，什么样的君子也立马变成坏人。”原来他读高中（旧制）时叔父劫夺了父亲留下的家业。“我被人骗过，而且是被有血缘关系的亲戚骗了。我决不会忘。他们在我父亲面前个个像好人，父亲刚一死就变成难以饶恕的不义之人。我从小至今背着他们加给我的屈辱和损害，恐怕要一直背到死，因为我到死也忘不了。但我还没有复仇。想来我现在的所作所为超过对个人的复仇。我不光憎恨他们，还普遍地憎恨他们所代表的人。”

“我”回乡探望父亲的病，“父亲时常说梦话了。‘对不住乃木大将，实在没脸见他，不，我也马上跟在他后面。’”这大概是《双亲和我》一章中最重要的话。父亲病危时“我”收到先生的遗书。写道：他离开故乡，发誓再也不见那叔父。在东京租住在一户甲午战争遗属的家里，只有太太和小姐，以及女佣。“我第一次见到这家的小姐时，打招呼张皇失措，而小姐也红了脸。”几乎不消说，接下来就要搬演那个年代常见的故事，周作人留学日本也有幸遭遇的，男学生和房东的女儿相爱。先生在钱上怀疑人类，但是在爱上还没有怀疑。故事的进展当然还需要搅局的，K出现了，他和先生是同乡同学。但故事其实是三个男人的，女人们近乎道具，过去读者感叹友情之崇高，而现在的读者时髦地觉察出同性恋意味。

K是真宗派和尚的次子，“在拘于义理这一点上，令人怀疑他有些像武士”。过继给医生家，来东京上学当然用的是养父母的钱。医生的儿子要学医，以继承家业，但他不打算当医生。先生“责问他，那不就等于欺骗养父母吗？胆大包天的他回答：是的。说要是为了道，干这么点事也无所谓”。这种乖僻、固执大概为明治时代的青年所特有，恐怕也是思想上苦闷的表现。夏目漱石有个学生，叫藤村操，投华严泷自杀，在潭边的大树上写下“岩头之感”，曰“万有之真相唯一言以尽，曰不可解。我怀此恨而烦闷，终至决死”。再说K，终至写信坦白了真情实况，养父大怒，不再供他读书。两年下来，艰苦的日子影响了K的健康和精神，先生请他搬过来同住。

“容貌也好像K讨女人喜欢。性格也不像我这样小肚鸡肠，大概异性会中意。有男人样，该马虎的地方马虎，该坚强的地方坚强，这一点也似乎比我有优势。”先生担心小姐属意于K，满腹醋意。“这种嫉妒不就是爱的另一面吗？”然而，嫉妒折磨人，也把人变坏。K终于向先生说出他深爱小姐，虽然先生相信自己是生来具有那么美好的同情心的人，但这时的他不同了。不再优柔寡断，要抢在K的前头下手，向房东太太提出娶她家小姐，得到了痛快的应允。K知道了，那种“超然的态度哪怕只是表面的也值得敬服”。但没过几天，他割断颈动脉自杀，留下一封信，内容简简单单，“最后像是用余墨添写了一句文言，意思是本该更早点死，为何活到了今天”。

先生和小姐结了婚。房东太太和小姐看起来确实很幸福，先生也是幸福的，然而，先生写道：“我的幸福里伴随着黑影，我想这幸福不就是最后把我带到悲惨命运的导火索吗？”

“盛夏的暑热里明治天皇驾崩了。那时我觉得明治的精神始于天皇而终于天皇。我们受明治的影响最深，往后活下去毕竟落后于时势，这种感觉猛烈地撞击我的心。我露骨地对妻这样说了，妻笑了笑，置之不理，但不知想到了什么，突然跟我开玩笑：那就殉死好了。”

“我几乎忘记了殉死这个词。因为是平时用不着的字，像是沉在记忆底下就要腐烂了。听妻笑谈才想起时，我对妻说：假如我殉死，就要殉明治精神。当然我的回答也不过是笑谈，但那时我的心情有点像是给陈旧不用的词语赋予了新的意义。”

“大葬的晚上，我像往常一样坐在书斋里，听见出殡的号炮。对于我来说，那听来像是明治永久逝去的宣告。过后想来，那也成了乃木大将永久逝去的宣告。我拿着号外，不禁对妻说，殉死了殉死了。”

被叔父窃走父亲遗产所产生的不相信人，为争夺女人而背叛友人以致他自杀的良心苛责以及赎罪，明治天皇驾崩而醒悟自己是落后于时代的人，使先生决心自杀，死前给“我”写了这么长的自述。

漱石写《心》两年前的1912年，发生了陆军大将乃木希典携妻为明治天皇殉死事件。当时一些舆论认为殉死有悖于时代，是荒唐行径，而文豪森鸥外则利用历史故事把这个事件写成小说《兴津弥五右卫门遗书》，为乃木辩护。同样是文豪的夏目漱石也肯定乃木之死。小说中的人物有“我”、“先生”、甲午战争的遗孀“太太”和房东家“小姐”，唯有这位小姐即后来嫁给先生的“夫人”有名字——“有时候不喊女佣，喊夫人。（夫人的名字叫静）先生总是转向纸屏，喊‘喂，静’。那叫法在我听来是亲切的。”乃木夫人的名字就是叫“静子”。

诺贝尔文学奖得主大江健三郎也在他2009年出版的长篇小说《水死》中批判《心》，说先生自杀是个人问题，夏目漱石却把它跟“明治精神”“殉死”联系到一起，“不合乎逻辑”。

什么是明治精神呢？文学评论家江藤淳著有《漱石及其时代》，他也被视为以明治国家为理想的正统保守派，在《明治一知识人》中写道：“明治天皇晏驾与乃木大将殉死者两大事件之后，漱石突然醒悟所谓‘明治精神’在他的内心没有完全死绝。此刻那伟大时代的全部价值体系的影子从漱石的阴暗的、充满苦恼的过去浮起来，如同过去爱的人的幽灵向漱石微笑。幽灵或许这样说：‘跟我来。’漱石点头。他知道自己的一部分恐怕要用小说主人公的形式殉‘明治精神’。”

在江藤淳看来，明治精神是明治这个时代的全部价值体系，又是与武士道精神相关的传统的克己伦理。另一位评论家松本建一则认为，漱石说的明治精神是跟明治一起开始的自由与独立的个人性精神，但背面必然贴着孤独的悲哀与怀疑的地狱。

人是需要有一点精神的，但是被他们说得如此高深，也就不想探究了。

夏目漱石自信《心》“能抓住人心”，单行本是他亲手装帧的。封面用《康熙字典》的“心”字解，引文是《荀子·解弊篇》所言：“心者，形之君也，而神明之主也。”小说起初叫“先生的遗书”。我喜欢读的是《先生和遗书》这部分，当作一个完整的作品读。但这个小说是给报纸写的连载，有了《先生和我》《双亲和我》的冗长才能够连载三个多月，计110回，犹如京都的町家要穿过鳗鱼般细长而幽暗的甬道登堂入室。

谁读太宰治

以前在一所大学教书，经常从“三鹰”下车。三鹰市属于东京都，江户年间是德川将军家放鹰狩猎的地方。市里有动漫爱好者的去处“吉卜力美术馆”，到今年（2019）开馆18年；若是对太宰治感兴趣，还有禅林寺，里面就有他的墓，每年6月19日好多人聚来缅怀，美其名曰“樱桃忌”。1948年6月13日，太宰治去向不明，六天后在“玉川上水”里发现了他的尸体，恰逢他39岁诞辰。玉川上水原先是流到江户供士农工商饮用的上水道，杂木遮掩，几乎看不见河水。沿着它走路，不禁想：这样的小河沟能够把两具绑在一起的男女漂出二里地，当时水量应该很不小。

读过水木茂的随笔——他1943年入伍，在新几内亚战场被美军炸掉左臂，复员后致力于漫画，画妖怪出名，还得了旭日小勋章——写道：

昭和二十二年（1947）过半吧，因战争吃尽了苦头，总算回到了国内。某日经过叫玉川上水的地方，当海军的战友说：“唉，就是这里哟，叫太宰治的小说家自杀的地方。”一看是条小河，水流挺急的。我在战争中曾跳进岬角的漩涡里逃生，也曾在海里游了一天得救。不过，那是不游就会被杀死，当然拼命游。所以对于我来说，对于海军战友来说，死在这条小河里，真难以置信。“这里连猫也死不了吧。”“可不是么。”“一定是非常软弱的人。”我们好不容易把肉体平安地带回国，却有人死在连野猫也死不了的小河里。和玉川上水的印象一起留下了这种心情。后来就读《晚年》和《不配做人》。读着想，心非常软弱的人真有啊，有意思。但哪个都是谨小慎微的文学，读后感很糟。往坏里说，是女人堕落似的故事，有这种心的人或许就会想死在那条小河似的地方。我在南方对土人的原始性生活方式有共鸣，觉得回来碰见太病态的文学。

最后还写了一句：“大概太宰治是一种病态，给这种人当粉丝也就是自己的心有病。”

——“人间宣言”“人间失格”，把这些日本词照搬来，望文生义，很可能误解。日语的“人间”也指人，比“人”抽象，侧重社会性存在与人格，有时也就指人类。例如“我们作为人向所有的人呼吁，不要忘记人性”这句话译成日文，可能第一个人用“人间”，第二个人用“人”，人性则是“人间性”。翻译太宰治小说《人間失格》，只是把“間”改成简体字，未免太偷懒或取巧，当译者不够格。我勉为其难，试译为“不配做人”。

当上了作家，不免要谈谈读书。去年有个搞笑的艺人，叫又吉直树，获得了芥川奖。并非这个最有名的奖项需要搞搞笑，而是不大有笑容的又吉创作了严肃文学。故人野坂昭如说：写小说是他逃避现实生活的防空洞；又吉说：“日常产生的奇怪感情使我转向写作，被文字表现解救。”他也谈读书，爱读太宰治。这话让我们振奋，因为太宰治在中国很有点走红，虽然他走进中国相当大程度拜著作权到了时限之赐，不花钱就可以翻译出版来赚钱。值得注意的是又吉说“中学生的时候”，他“中学生的时候读太宰治的《不配做人》受到冲击，因为那里所写的主人公大庭叶藏从幼小到少年所为就是自己面对世界时的方法”。

问一位三十来岁的朋友，纯种日本人，边喝边问的，他说：

> 我上中学时也读过太宰治，因为课本上有。寒暑假作业也是读太宰治，写读后感。所以，是日本鬼子（笑）就读过。但走上社会谁还读，旁人会觉得他有病。太宰治笔下的人物那么无赖，动不动就自杀，足以感动中学生的心，但长大了还这样，那就去死吧。很多人读了以后跟那个又吉一样觉得《不配做人》写的是自己的故事，应该谁也不知道的自己怎么被写在了这里，说不定今后的人生里也会发生这里所写的悲剧，真叫人恐怖。然而，上大学，走上社会，随着社会经验的积累，就会在某种程度上觉得叶藏不面对现实问题，只抱怨周围，不就是个傻瓜吗？又吉说他后来也反复读，那是学习写小说吧。

听罢浮一小白，想起比又吉直树早几年，绵矢梨沙以19岁的小小年纪获得芥川奖，轰动社会，她也说：最初读太宰治的作品是在高中的图书室读了《不配做人》，以前也拿起过，但吓得读不下去。

重新读，自己漠然思考的内心问题都写在了那里。作家们对于太宰治的感受差不多，这感受痛彻心扉，也不过高中生水平。例如过仁成的读后感："简直有一种奇妙的感觉，仿佛生来第一次碰到镜子，清楚地窥见自己的本来面目。"久世光彦1998年出版了小说《谜的母亲》，赞美太宰治，但他说，以前不好意思公开自己是太宰粉，一直潜水来着。作家们坦言自己是太宰粉的，如高桥源一郎、柳美里、町田康，常常带一句"并不觉得害羞"，毕竟认为太宰小说本来是初中生、高中生的课外读物么？

死去太宰治，活来《不配做人》。诞生近70年，这个不算长的长篇小说始终没有被社会同化，一直为不愿被社会同化的年轻人所爱读。与其说它反映了一个时代，不如说反映了人生的一个阶段，以致一代代人都要读，都在叶藏身上发现自己。太宰治在阅读史上的地位大大高于文学史。作品所内含的价值能与时俱进，像枫叶一样变色，是名作的条件。起初被读作"无赖派"，"与社会的伪善战斗，自己选择了失败的抵抗者"，后来演进为"孤独的体现者"。1980年以后"无赖派旗手"的形象销声匿迹，几乎不再谈曾经被高度评价的思想性。《不配做人》的封面反映了阅读的演变，过去是抽象画，近年由漫画家来画，叶藏的形象变成身穿学生服的小鲜肉，那就是小说开头："我看见过三张那个男人的照片"，第二张是学生模样，"总之是美貌惊人的学生"。搞中国语言文学的高岛俊男说，要是让他举出一个20世纪日本的文章天才，他毫不踌躇地回答"太宰治"。

太宰治生前不大有销路。1936年出版《晚年》，这是他的第一本书，自道："到卖光经过二年三年，一天卖一册，我的自傲也就崩溃了。”战败后，几个左翼人编辑《近代文学》，积极向太宰约稿，在他们眼里，如竹内好所颂扬：唯有太宰治始终只手反叛搭战争便车的衮衮诸公，我作为同代人，要为他的活跃鼓掌。中野重治说“太宰不曾给侵略战争打灯笼”。和田芳惠在《筑摩书房三十年》中记载太宰治的《维庸之妻》卖不掉，仓库里堆积如山。太宰服毒投水而死，中野好夫认为他“就在夫人家鼻子底下和别的女人抱着漂起来，丑得不能再丑了”，而丑闻向来是媒体的卖点，和田芳惠接着便写到连日来报纸广播当话题，《维庸之妻》忽地卖光了。《不配做人》被当作破解情死之谜的钥匙，很多对事件感兴趣的人也买来读，行销20万册。1948年4月，八云书店出版《太宰治全集》，老板忍不住笑：死得可真是时候。

1956年，中野好夫在杂志上发表评论，题为《已不是战后》；石原慎太郎以《太阳的季节》出道，惊世骇俗；筑摩书房开始出版《太宰治全集》，初印4000册，不到一个月加印到1万册。对其人其作的研究哄然而起，把《不配做人》评论为太宰治的精神自述传，也是性格分裂者一生的自白。1958年获得芥川奖的大江健三郎说：我最初听到太宰治的名字是报纸上登出他自杀的报道。上高中时周围有非常反感太宰治的气氛，现在消失了，出现了坦诚理解他的风潮。十年间召集樱桃忌活动的龟井胜一郎于1959年写道：

我时常想，太宰文学为何在年轻人当中有人气呢？死后过了11年，这种人气也丝毫不衰，为什么呢？死后出全集，而且翻来覆去的作家自明治以来实在少。一本本单行本反复被阅读的作家是有的，以全集的形式翻来覆去的很少见，夏目漱石、森鸥外、岛崎藤村、芥川龙之介，差不多就这四个人，看来太宰全集也将跻身其间。

1956年，太宰治作品首次被教科书采用，是《快跑梅洛斯》。参加樱桃忌的年轻人逐年增多，多是女学生。1963年，大学升学率上升到21.7%，女生如花满校园，却有人感叹她们有才能、没目的，大学变成了高级新娘子学校，甚至有女生王国论。毕业论文写太宰治的大增，究其原因，在于当时一般写作家论，多选过世的作家写，太宰有完整的全集，量又不太多，再合适不过了。

1960年，安保运动受挫，参加樱桃忌的人群中多了参加过运动的年轻人。1965年至1970年，日本经济发展超过前十年，不可一世，被称作东洋奇迹。1968年，大学升学率达到23.8%，又有人感叹"学生太孩子气，大学幼儿园化"。樱桃忌变得像粉丝的娱乐，遗属们不再参加。森鸥外的女儿杏奴担忧："听说由于不得了的太宰热，他在三鹰的墓被群众淹没，估计对面先父的墓一定被踩得乱七八糟，非常过分吧。"太宰治在三鹰居住九年，度过了"晚年"，短篇小说《花吹雪》中写有这样一段："这里的墓地清廉，有鸥外文章的影子。我的脏骨头要是也埋在这样小绮丽的墓地角落，或许死后能得救。"因此妻子把他的骨灰葬在禅林寺内的森鸥外墓旁，但好些粉丝不晓得墓碑上镌刻的"森林太郎"就是森鸥外。太宰热是一种社会现象。江藤淳从太宰文学里看出了"不必要的感伤性"，甚至说："若夺去社会现象的光环，太宰终归不会是二流以上的作家。"

20世纪80年代以后，《不配做人》被初中和高中的女生们看中并偏爱，读书感想文必写它，堪比夏目漱石的《心》。至于感想，无非“那里面写了我”。太宰治的读者随着经济高速度发展而剧增，看来我们中国人也读得正是时候，只是读者老了点儿。2014年，新潮社公布了“21世纪以来新潮文库印数排行榜”，村上春树的《海边的卡夫卡》位居第一，夏目漱石的《心》第六，太宰治的《不配做人》第八。名著不死。

太宰治写道：艺术家本来“就该是弱者的朋友。对于艺术家来说，这就是出发点，又是最高的目的”。用村上春树的话来说，那就是站在鸡蛋一边。太宰更给人一种他本身就是弱者的印象。其实他不弱，像叶藏一样觉得“自己了不起”。装弱是太宰的人生策略。他手里握的笔就是利器，敢于刺向芥川奖评委川端康成、文坛大佬志贺直哉。中野好夫批评短篇小说《父亲》：“读时的确有意思，但第二天早上就什么也不剩。”太宰登时跳起来，在《如是我闻》中大骂：“这又是一个大混蛋先生！”

十来个作品写到自杀，因而有人说：太宰治以自杀愿望、自杀未遂（情死未遂）为动力创造了独特的文学世界。太宰文学中既有光明又有黑暗，既有美丽又有滑稽，即有深刻又有轻飘，圣俗一体。他总能让读者笑起来，会心一笑或破涕为笑，这是对读者的服务。大江健三郎几乎没这种服务，纵然获得诺贝尔文学奖也少有人爱读，而村上春树有，所以那么多粉丝为他得不到诺贝尔文学奖鸣不平。

三岛由纪夫曾当面对太宰治说：我讨厌你的文学。致信川端康成却写道：“第三遍读太宰的《斜阳》，铭感至深。”他写《假面自白》显然受到了《不配做人》的影响和刺激。太宰以《不配做人》和情死、三岛以《丰饶之海》和切腹确立了各自的神话。传闻三岛自杀前说过一句“我到底跟太宰一样啊”。

村上写性

有个叫柘植光彦的，几年前去世，他说过：村上春树的小说给人留下强烈印象的性描写很多，听说在中国甚至被当作色情小说读。

这话说得有意思，看来这位文艺评论家是不以色情小说为然的，中国把村上读低了档次。不过，中国并不像日本那样独特，将小说截然分成纯文学与大众文学，若专读那个色劲儿，怕是这村上与被中国读者命名为色情大师的渡边淳一差不到哪儿去，殊途同归，各有千秋。

近年来我国卖得好的日本作家大概有渡边淳一、村上春树、东野圭吾。在国际上，知名度最高的日本作家是谁呢？村上春树？吉本芭娜娜？还是谷崎润一郎、川端康成、三岛由纪夫、安部公房、大江健三郎？或者明治年间的文豪夏目漱石、森鸥外？有一位比较文学研究者调查美国从1994年到2012年出版的八种“世界文学选”，统计了日本作家入选的次数，最多的是樋口一叶，入选了七次，川端康成六次，谷崎润一郎四次，与谢野晶子、芥川龙之介、村上春树三次，三岛由纪夫、大江健三郎两次。日本文学史最推崇的夏目漱石干脆没有选。美国的“世界文学选”以西方古典为中心，大半选白人作家，20世纪90年代以降才较为积极地选取亚非拉。樋口之所以被重视，可能有几个原因：一，她是近代初期以写作为业的女作家；二，篇幅短，便于收入选集；三，她几乎未受到西方文学的影响，而森鸥外等作家盲目地模仿法国、俄国的西方现实主义。

单说村上春树，最热闹的话题是他与诺贝尔文学奖，这话题与其说是文学的，不如说是社会的，甚至是娱乐的。2006年村上获得捷克的弗兰茨·卡夫卡奖，此奖有诺奖门槛之称，从此年年有些人赌他当选诺奖，媒体应时起哄，书店借机推销，好像已成了日本之秋的一景。有个颇有名的电视艺人说：我讨厌的不是村上，而是那些过度狂热的粉丝。且叫做村粉，又有人说，当村粉是一种病。他们醉心于村上其人其作，不读其他作家，一厢情愿地闹腾。2015年又落空，村上“十连败”，村粉们又开始“蓄芳待来年”。

诺贝尔文学奖为什么不给村上春树呢？某评论家说，因为他写得太色。柘植光彦也曾说：从全书的平衡来看，不能不说性描写的分量相当多。随便翻开哪一本，都是以写性为能事，中译本每每做手脚，怕的不就是色情么？前些日子看到一个报道，说是美国有12家出版商合伙抵制中国对翻译作品的审查。审查的事情我不懂，但以为翻译也是一种批评，翻译过程中对原作做一点删节、改动、加工，有时是基于本国的国情，甚至是出于对作者的爱护，使原作能正确而顺畅地获得另一种语言的拥趸，不得已而为之。英译本也删节，甚至比中译本有过之而无不及。

为什么写性？村上陈述过理由：

“我最初的作品几乎不搞性描写。由于这个原因，也有人比现在的东西更喜欢我那个时期的作品。”

“随着我写的故事变大变深，我无论如何也不能不带进关于性和暴力的描写，因为避开就通不过。”

他夫人叫阳子，听说这位阳子夫人很厉害，充当着幕后指挥。她说：

“我丈夫的小说里性事以各种形式出来，我问他为什么，他说：不知道，也没考虑就出来了。看来性事是什么关键吧。”

这关键就是他“认为性事是把人与人结合起来的重要因素”。而且，“性场面、暴力场面有时不在某种程度上使阅读的人感到痛苦、不快或别扭，就不会发挥其意义”。不过，性描写的深刻意义恐怕都是作者以及评论家在发挥，切实感受现实啦，彼此确认啦，而一般读者，当然首先是日本读者，读得明白的就是性而已，村上小说也得以畅销。

村上小说一写到女人，想的就是睡她，而且用不着“穿过大半个中国”那么远。《世界尽头与冷酷仙境》一开头是村上的惯用手法，换一个世界，到地下去，到井里去，这次是坐电梯下去，也许是上去，人是必须恍惚的。电梯门开了，站着一个胖胖的漂亮女孩子，“我”这个主人公跟着她走，“光是胖那还好。光是胖的女人像空中的云，她只是飘在那里，跟我一点不相干。但年轻而漂亮的胖女人就另当别论了，我不得不对她做出某种态度。总之，也许会和她睡觉”。见面就脱，毫不费力地上床，大概是所有男人对女性的梦想。《没有色彩的多崎作和他的巡礼之年》里多崎作跟女人约会了三次才上床，让读者很有点意外。

村上的小说里常出现双胞胎女性，或者衣服尺寸、鞋子号码相同的女性。他说：“现实地仔细一想，和双胞胎交往也相当够受的。

首先花销大，饭钱是普通约会的两倍。礼物不能只给一个。不仅费用，总是公平地对待两个人也非常难。”村上的第一部小说《且听风吟》里“没有小指的女孩”说她是双胞胎，但妹妹始终没出现，而第二部长篇小说《一九七三年的弹子球》就写了双胞胎女孩子突然出现，突然消失，两个人为“我”(主人公)进行性服务。她们像天使一样，对“我”没有任何要求，所以不至于有经济负担。看来村上真是“喜欢双胞胎的状况，喜欢和双胞胎在一起这种假设中的自己”。村上自我宣传为“百分之百的恋爱小说”的《挪威的森林》里直子自杀了，“我”和玲子一晚上做爱四次，然后玲子说：我穿的衬衣是直子的，我们的洋服尺寸差不多一样，衬衣、裤子、鞋和帽子。

女性主义批评家大都对村上春树持否定态度，说《挪威的森林》这个小说好像描写几个恋爱，其实描写了恋爱的不可能性，恋爱一点都没写，那个“我”对直子极端无理解。但一般读者毕竟不是女性主义者，据说日本女性喜欢那种讨厌女性的作家，村上作品在具有大学文凭的女性当中相当有人气。

某些评论家肯定《世界尽头与冷酷仙境》以前的作品，否定《挪威的森林》以后的作品，有娱乐读者的技巧，没有文学价值。评论家小谷野敦说：我不能容忍村上的理由只有一个，那就是作品里净是美人，或者净是主人公口味的女人，立马就上床。男主人公们从来不考虑女方拒绝上床的可能性，而且女人完全彻底为男人服务。

医疗立国

“日本大夫”，最初从革命样板戏《红灯记》里听来的，虽然是两股道上跑的车，但日本的阔大夫鸠山也给中国的穷工人李玉和看病。又读鲁迅的书得知，他本人及家人有病，在上海，一向找日本大夫看。还传闻汪精卫专程到日本医治，就死在那里。这些是陈年旧事，现今我侨居日本，偶感风寒，看病开药的当然是日本大夫。最大的感受是态度好，至于医术真的比中国大夫高明与否，我不曾久病成医，也久已不进国内医院，无从判断。

当年读《吉里吉里人》，先就服了井上厦，不愧是当过日本笔会会长的，恣意汪洋，把两天时间里发生的事情写成了100万字（汉字假名合计）的长篇小说。事情有点大：6月中旬的早上6点，细雨蒙蒙，日本东北有个不起眼儿的穷屯子“吉里吉里”从日本分离独立了，以人银不分的“吉里吉里村言”为“国语”。于是，大概是作者假扮的矮个儿粗脖子永无出头之日的中年人样本似的50岁三流小说家古桥健二和三十来岁大汉的随行编辑佐藤久夫以及806位乘客就成了第一批踏入“吉里吉里国”南方边境的日本人。警察上车来，手持猎枪，身上穿的是儿童服——该国上小学就学习国际法、护身术，可以按志愿当警察或官员。古桥以为他看漫画看多了，心想着报道题目“勇作家空手夺枪”，却不料“异常儿朝天就放”。不消说，谁都没护照，统统关进收容所。质问凭什么独立？回答：“日本、日本的政府怎么想，县里官员说什么，跟咱没关系。如果有一定的土地，有在那土地定居的居民，有代表居民意志的政府，这些居民愿意独立时，谁也不能阻碍。这是1933年《蒙得维的亚条约》上写的，这话说得贼漂亮。”惊魂初定，古桥想到了取材报道，一举成名天下知。

原来“吉里吉里村”多年来筹划独立。粮食自给自足；地热发电，不怕日本国命令东北电力公司停电；地下热水通过管道送到各家各户，免费使用；金本位制，通货叫“异元”，日元不能用；全世界500多家大公司在该国设有分公司。国立食堂小卖店里摆放着“吉里吉里国立中学附属大学外语系日语专业教授”翻译的“吉里吉里语”誊写版夏目漱石《少爷》、太宰治《斜阳》等书，川端康成《雪国》的著名起笔是这样的：钻过国境的贼拉长隧道，就到了雪国那疙瘩，夜底下白不刺啦的了。

吉里吉里国没有国会议事堂，只有一辆烧木炭的“国会议事堂车”（日语的“事堂车”与“自动车”谐音），总统开着到处跑。车上有国家各部委，开会谁都可以上来参与。最高决策机构是“吉里吉里国愚人会议”。该国放弃战争，不保持军事力量，否认交战权，搞农业立国、医疗立国、好色立国、和平立国，自立于民族之林。特别是医疗立国，终极目标是用拔尖于世界的技术和服务成为“世界的医院”。面积40平方公里，女人一个半小时从东走到西，从南往北走，三个小时就出国了。总人口4187人，而国立医院有1650张床，护士550人，半数来自外国。日本国规定四个住院患者一个护士，而这里是三个住院患者一个护士。还有癌症研究所、白血病研究所、地理血液学研究所、医疗哲学研究所、医学工程学研究所、东洋医学研究所、脏器中心、药学研究所。医生350名，六成是外国人。当人们口口声声说“吉里吉里医学把我们救出病痛，吉里吉里国的存在对我们有用，我们需要吉里吉里人，承认吉里吉里国吧。吉里吉里人存在也不是坏事，不，把世界的医学交给吉里吉里人吧”，那时候“吉里吉里国”从日本分离独立就取得了成功。

古桥成为移民第一号，并作为“吉里吉里国”唯一的作家几乎囊括了“吉里吉里”五大文学奖。第一任总统遭暗杀，殃及古桥，被没有医生资格却盛传离诺贝尔医学奖最近的红胡子大夫、智商280的新加坡籍华人整形外科岳大夫等四位名医做了“历史的、世界的、疑念数（吉尼斯）大全记录确实的大手术”，把古桥未受损伤的大脑移植到了一个潜入“吉里吉里国”的26岁女间谍的无毛症身体里。世上的男人全都想体验一下当女性。古桥从此上女厕，不小心摔碎了拿来窥视下体的镜子，竟发现日本国陆上自卫队出动50架“串团子”直升机狂轰滥炸也没能找到的黄金原来都做成了国立医院厕所的“金隐”（大便池挡板，隐藏金玉之意；金玉者，睾丸也）。11世纪末东北王藤原清衡埋藏的39700吨黄金，超过美国的8400吨，是“吉里吉里国”独立的王牌。古桥原本就是来这一带采访埋藏金传说的。

男女合体新人古桥健二被指定为第二任总统，就职典礼由吉里吉里国立小学广播社团的孩子们担纲的吉里吉里广播协会转播，通过NHK播映全日本，通过卫星播映全世界。各国记者蜂拥而来，报道在手术室里举行的总统就职典礼。佐藤也来了，其实这个认为私立不如公立、公立不如国立的家伙是日本国特务，准备伺机揭穿这场“闹剧”。古桥被佐藤逗引，顺嘴说出了“金隐藏在‘金隐’里，这个医院厕所的‘金隐’都是用金做的”。现场顿时炸了窝，自称朝日记者的男人掏出手枪，向世界第一个医学立国的国家吉里吉里国总统，也是世界历史上任期最短的总统开枪，贯穿了金发美女的心脏，古桥的大脑也停止了思考，一切就简简单单地结束了。兴亡两天事，喜剧变悲剧。

《吉里吉里人》起笔于1964年，当初写的是广播剧，叫《吉里吉里独立》。时当日本已成为资本主义世界老二，在亚洲第一个举办了奥运会，此剧播出，轩然起大波。听众们谴责：我们正觉着骄傲，却有人心怀不满，把日本一部分从日本独立出去，太不像话了！

为什么闹独立？让井上厦说来，独立的理由太多了。单说农村，政府要兵，出海打仗，从农村出。政府要廉价劳动力发展城市，从农村出。战败了，700万人从国外撤回，都回到农村。政府说复兴靠农村，农民们拼命增产，但1960年粮食自给了，反而被当作麻烦。农村只剩下老人孩子了，“吉里吉里”简直是“弃里弃里”（日语“吉”谐音“弃”）。“国益”把“吉里吉里人”折腾来折腾去，真个是婶可忍，叔不可忍。问题不止于农业，小说《吉里吉里人》的内容从国家、政治、经济、文学到方言，涉及方方面面的问题，而且1981年出版，已过去30多年，这些问题仍然是鲜活的。

哲学家梅原猛说：井上厦语汇丰富，对语言的感觉敏锐到了异常。他充分利用日本文化将一切漫画化的手法以及黑色幽默，尤其是天才的语言游戏，让人把高度抽象的议论读得忍俊或捧腹。日本文学较为正统的是志贺直哉所代表的删繁就简不啰唆，而井上话多得过剩，仿佛一个自己笑嘻嘻地看着另一个自己埋头致力于重大的主题。《吉里吉里人》是乌托邦文学，意在批判现实。其价值不在于文章的洗练与否，而在于他所处理的问题。

《吉里吉里人》和村上春树的长篇小说《寻羊冒险记》同样代表了20世纪80年代的日本文学。批评村上的人说他写的是SF（科幻小说），而《吉里吉里人》既得了日本SF大奖，又得了奖给纯文学的读卖文学奖。看似荒诞无稽，可井上厦并非写着玩。恍若看见他一脸严肃，2008年在报纸上谈和平，说：

> 跟在美国屁股后头为虎作伥，那不是国际贡献。自己所拥有的最得意的东西，就日本而言是软实力，已经在很多领域为世界做贡献。例如用医学帮助世界怎么样？人们都要到世界上最好的日本医院来检查。日本人隔一年得一回诺贝尔医学奖，考虑癌症特效药。这么一来，全世界医生用日语写病历。于是，从普京、布什到世界的富豪都想到日本治疗，不绝于途，就自动当“人质”。国际机构都聚集在日本，那还怎么好攻击呢。这不就是日本的活路吗？

首相安倍晋三当年为选举写过一本书，叫《美丽的国家》，当然他绝没有把日本打造成吉里吉里国的意思，但中国的土豪真就不远千里来体检或治病了，小说家言大有成真之势。惜乎井上厦于2010年去世，人们把他的忌日叫做“吉里吉里忌”。

剽窃与模仿

太宰治有一个短篇小说，叫《二十世纪旗手》，全篇分为十二“唱”，有的唱段非常短。七唱的标题是“我的日子我的梦”，其下有一句像是副题：“东京帝国大学内部，秘中之秘。”然后只一句话：“内容三十页，全文省略。”不愧是日本无赖派作家，比中国作家的此处删去多少字无赖多了。

《二十世纪旗手》在题目之下有一句题记：“活着，对不起。”据山岸外史说，这句话是太宰治剽窃的。山岸是太宰的朋友，太宰夫人曾叹息：要是山岸在东京，太宰就不会死。某日，山岸对太宰讲起表哥寺内寿太郎的怪癖，说他写了一首诗，就一行字：活着对不起。过了些日子，寺内突然冲进山岸家，给他看杂志《改造》，刊登了《二十世纪旗手》。“肯定是你对他说的，简直偷了我的命！”山岸找太宰要说法，他支支吾吾，说：“其实，不知不觉地，误以为那句是你说的了。”后来这寺内不知所终。

《快跑梅洛斯》是太宰治的名篇，在他的作品当中很有点另类。有学者考证，这个短篇全面借用了1937年日译《新编席勒诗抄》里的一首《人质》。不过，太宰编故事却也源于生活。那是为修改

《二十世纪旗手》，他在休闲的旅馆住了一个来月。妻子托檀一雄给他送来70多日元。檀一雄被人揶揄为太宰的跟班，两个人寻欢作乐，钱很快挥霍光。太宰留下檀作人质，自己回东京筹钱，却一去不返，店家起急，跟着檀上京找人。找到井伏鳟二家，太宰正在那儿下棋呢。趁井伏离席，太宰悄悄对檀说："是等待的人难受呢，还是让人等待的人难受呢？"最终佐藤春夫和井伏鳟二这两位被太宰治师事的作家筹措300日元替他擦了屁股。于是，太宰用《快跑梅洛斯》写这个意思——"等待的人难受呢，还是让人等待的人难受呢"？

在没有著作权意识的时代剽窃无所谓。井伏鳟二毫不在乎地承认他的名著《黑雨》基本是改写自一个广岛原子弹爆炸受害者的《重松日记》。相比于剽窃，模仿就像是一种学习，其精神可嘉。创作始于看样学样的模仿。一部日本近代文学史就是学习、模仿乃至剽窃西方文学的历史。

村上春树常拿现成的题目给自己的书命名，先声夺人，或许也不无向什么致敬的意思吧，却难免假人家虎皮之讥。他是模仿美国小说出道的，这一点，当初大力举荐他的文艺评论家丸谷才一说得明明白白：

> 村上春树的《且听风吟》是在现代美国小说的强烈影响下搞出来的。库尔特·冯内古特啦，理查德·布劳提根啦，他非常热心地学习那类风格。那种学法不得了，没有相当的才能就不能学到这个地步。要挣脱过去那种现实主义小说却挣脱不出来，是当今日本小说的普遍倾向，纵然有外国的样板，这般自

在而巧妙地摆脱了现实主义，也可说是值得注目的成果吧。

村上是模仿的达人。他甚至被列入美国20名作家当中，可这部成名作虽然早就由日本出版社翻译为英文，本人却不让它走出国门，莫不是因为美国读者一眼就能认出它完全是冯内古特、布劳提根等美国小说家的仿造品？

日本人之善于模仿，在文学上也大显身手。不由得想起郁达夫所言："日本的文化，虽则缺乏独创性，但她的模仿，却是富有创造的意义的；礼教仿中国，政治法律军事以及教育等设施法德国，生产事业泛效欧美，而以她固有的那种轻生爱国、耐劳持久的国民性做了中心的支柱。根底虽则不深，可枝叶张得极茂，发明发见等创举虽则绝无，而进步却来得很快。"

村上春树说他以往人生中邂逅的最重要的三本书是美国作家菲茨杰拉德的《了不起的盖茨比》、俄国作家陀思妥耶夫斯基的《卡拉马佐夫兄弟》、美国作家雷蒙德·钱德勒的《漫长的告别》。这个《漫长的告别》日本有清水俊二1953年译本，村上在学生时代就读过。半个世纪后，2007年，早川书房又出版了村上春树新译，题目就照搬原文，只是把字母变成假名，这既是取巧，也是时代所致——日本泛滥外来语。这家创业于日本战败之日的早川书房以翻译出版侦探小说为主，因译介有功，获得过美国侦探作家俱乐部奖励。不过，村上在长得像川端康成穿过的长隧道一样的译后记中只字未提及推理，只把它视为文学名著，严肃得像他那张脸。我们来看一段《漫长的告别》(宋碧云译)：

那封信放在我台阶底的红白鸟舍形信箱内，有邮件的话，箱顶附在悬臂上的啄木鸟会往上抬，由于我从来没在家收过邮件，所以就算啄木鸟抬起来我也未必会往里瞧，可是最近啄木鸟的尖嘴掉了。木头是新断裂的。不知哪个捣蛋鬼用原子枪打了它。

信上有柯瑞奥·阿瑞奥德邮戳、几张墨西哥邮票和一些字。如果不是墨西哥最近不断在我脑海中出现，我未必认得出那些字来。邮戳我看不清楚，是用手盖的，印泥已模糊不清了。信很厚。我走上台阶，坐在客厅看信。晚上似乎很静。也许一封来自死人的信会带来一股死寂吧。

信的抬头没有日期也没有开场白。

我在湖泊山城欧塔托丹一家不太干净的旅馆里，正坐在二楼房间的窗口边。窗外有一个邮箱，仆役端咖啡来的时候，我曾吩咐他待会儿替我寄信，而且要举起来让我看一眼再投进邮筒。他这样做可以得到一张100比索的钞票，对他而言算是一笔大钱了。

……

我要你收下这笔钱，因为我用不着，而本地宪兵一定会偷走。这钱本来就不是买东西用的。算是我给你惹这么多麻烦的谢罪礼，且是对一个君子表示敬意吧。他们有他们的日子要过，我却对自己的人生感到灰心而走到这一步。不是西尔维娅害得我变成了瘪三，我早就是瘪三了。

……

你被困在异国一家肮脏的小旅馆，只有一条出路——相信我，朋友，这一点儿也不动人，一点儿也不精彩。彻头彻尾地龌龊、下流、灰暗和狰狞。

所以忘了这件事也忘了我吧。不过，请先替我到维克托酒吧喝一杯螺丝起子。下回你煮咖啡，替我倒一杯，加点儿波本威士忌，替我点根烟放在咖啡杯旁。然后把这件事全部忘掉。

……

有人敲门。我猜是仆役送咖啡来了。如果不是，也许会有枪战呢。

……

全部内容如上。我把信重新折好放进信封。敲门的应该是送咖啡的仆役，否则我不会收到这封信。更不会有一张“麦迪逊肖像”。“麦迪逊肖像”就是5000美元的巨钞。

这里似乎有误译，不应该先后两次端咖啡来、送咖啡来。前面不是“曾吩咐他”，而是写信人心里的盘算吧。

再翻看一下村上春树的名作《寻羊冒险记》：

年也临近的12月29日，鼠的信皱皱巴巴被塞进我住处的信箱。贴了两张转寄的贴条，因为收信地址是过去的。我搬家怎么也无法通知他，无可奈何。

我把写满四张淡绿色信纸的信反复读了三遍以后，拿起信封查看有些模糊不清的邮戳。那是我没听说过名字的地方的邮戳。我从书架上拽出地图册查找那个地名。从鼠的文章想到本州北端附近及周围，不出所料，位于青森县。从青森乘火车需要一个来小时的小镇。早上两趟，白天一趟，傍晚两趟。12月的青森我也去过几次，那里冷得可怕，连信号机都冻住。

……

第一个拜托有些感伤，是关于“过去”的。我五年前出走时非常混乱，匆匆忙忙，忘了跟几个人说再见。具体地说，你和杰，和你不认识的一个女孩儿。觉得还会再见到你，能好好说一声再见，至于那二人可能再没有这种机会了。所以，如果你回那里，请帮我转达再见。

……

还有问候杰，喝了我那份啤酒吧。

……

附上支票。干什么都行。钱的事完全不用担心。在这里没有地方花，而且现在我能做的好像只有这一点。

千万别忘了喝我那份啤酒。

去掉转寄纸条的糨糊，邮戳就看不出来了。信封中装了10万日元的银行支票和写有女人名字和住址的纸和羊的黑白照片。

怎么样？行文的腔调与质感都酷似，人难以理解他人的感觉也相仿，具体的描述更多有近似之处。例如都是友人从遥远而糟糕的远方来信，都写了告别的话，都附带了一大笔钱，都让朋友替他喝一杯。而且《漫长的告别》给“啄木鸟”和“尖嘴”点上着重号，《寻羊冒险记》也给“糨糊”加了点儿，却猜不透究竟让读者留意点什么。

更妙的还是太宰治。他的《女学生》《潘多拉盒子》等作品或可说是取材于读者来信，而代表作《斜阳》干脆就抄袭女人的日记。那女人叫太田静子，是开业医生的女儿，出版过歌集《衣裳的冬天》。静子和弟弟太田武的朋友结婚，生下的女儿满里子夭折，后协议离婚。弟弟太田通是文学青年，向她推荐了太宰治的《虚构的彷徨》。她读了，把女儿之死写成日记式作品，寄给了太宰治。太宰治竟然回了信，说“愿意的话，来玩吧”。她去了太宰家，太宰说：小满里子的事情，还有别的任何事情，写日记吧，用轻松的心情，不加修饰，率直地。二人关系密切，引起了太宰之妻美知子的疑惑，太宰就撮合静子跟自己的弟子。《正义与微笑》即取材于这个弟子的弟弟十几岁时的日记。过了五六年——这里颇有点《源氏物语》里源氏发现并培育幼女紫上，待其长大迎娶的意思——太宰治对静子说：给我看看日记吧。《斜阳》的责任编辑记述了当时的情景：太宰治说，写下一个小说，怎么也需要你的日记。小说写成了，给你1万日元。静子回答，你来我住处，就让你看日记。静子想要生太宰治的孩子，太宰治想要静子的日记。

一个月后，太宰治又勾上了山崎富荣，开始冷淡静子，静子觉得他只想要小说的材料罢了。小三、小四，或者小五、小六，总之山崎见到了静子，在《和太宰治的爱与死笔记》中记下“《斜阳》的妇人也在一起”。静子就是《斜阳》的主人公和子。把《斜阳》和太田静子的《斜阳日记》加以对照，例如那句名言，“人是为爱情与革命而降生”，原来是静子说的。而且她付诸实践，生下了太宰治的孩子，亲朋故旧都跟她断绝了关系。《斜阳》无限地近乎太宰治与太田静子的合著，如果是作案，静子也会被问罪，但文学的强取豪夺自有各种冠冕堂皇的说辞。

《斜阳》有八章，前五章基本上采用静子日记，后面则使用静子写给太宰的信，笔调不免是《斜阳日记》的，太宰治作为大作家的本事或许在结构。静子写信是“太宰治先生（我的作家、我的契诃夫、M.C）”，而小说中和子给上原写信是“上原二郎先生（我的契诃夫、MY契诃夫、M.C）”。当然，作家本人和作品是两回事，但太宰治从战略上总是故意让读者闹不清真假。

女人，对于川端康成来说是美的对象，对于三岛由纪夫来说是体现理念的思想性器具，而对于太宰治，女人是紧抱他这个孩子的圣母。谷崎润一郎和太宰治很会写女人，好像都是靠女人才把女人写得那么好。日本小说最被人模仿的是太宰治，看似报应，其实是小说创作的规律。不久前获得芥川奖的又吉直树也说，太宰治对于他来说是特殊的作家。若受其影响太过，模仿得不好，可能得太宰病，活得恹恹的。即使在著作权严格的现代，模仿、抄袭、剽窃有时也真是说不清。过去的作家不把抄袭或剽窃当作违规，但是用今天的眼光来看，他们的创作能力也应该打一些折扣。寺山修司多才多艺，18岁即被誉为天才歌人，他拿别人的俳句当素材改编成和歌，哪怕化腐朽为神奇也遭到谴责，他则辩解：没工夫嘛。

年龄与文学奖

三岛由纪夫奖2016年奖给了小说《伯爵夫人》，作者莲实重彦不乐于接受，在记者会上甩脸子，说评委们把这个奖给他是暴举。

此话说得有点过，记者们当场大有被压到之势，但几个作家不买账，在网上起而攻之：既然不愿要，当初出版社问你要不要的时候你为什么不说不要？

莲实理亏，但我还是要替他辩护一下：当初他同意拿奖，可能因为奖是对于作品的肯定，如町田康代表评委会讲评：这个作品描写了一个时代完结的世界。但一觉醒来，又觉得此举对于日本文化来说是很可叹的事情——不是该奖励更年轻的作家吗？例如石井真志，已六次候选三岛奖，2016年入围的作品是《恶声》。此人也够神，忽然想尝尝那种有活化石之称的腔棘鱼的“刺身”，就请假去科摩罗，回来出版了旅行日记，颇有销路，于是辞职当作家。莲实重彦呢，已年高八十，孔子都不曾给这个年纪编排个说法。

也有人说，莲实的意思是别把他当作家。莲实当过东京大学的校长，以评论电影著名，对于这次甩脸子事件，北野武点赞，恐怕是因为莲实对他的导演曾赞赏有加。莲实写过一本《远离小说》，评论20世纪80年代的重要作品，有村上春树的《寻羊冒险记》、井上厦的《吉里吉里人》、丸谷才一的《假嗓唱国歌》、村上龙的《投币寄存箱婴儿》、大江健三郎的《同时代游戏》、中上健次的《枯木滩》。大概既成文艺批评难以对付村上春树，一些老评论家尤其讨厌他，莲实甚至说“村上春树作品是结婚欺诈”。

三岛奖以小说、评论、诗歌、戏曲为对象，奖励开拓文学前途的新锐作品。就是说，为新手而设。年龄并没有规定，但通常认为新作家就该是年轻人。似乎上了岁数就不可以兴之所至写写小说什么的了，古来社会有形无形地给老年人规定了好些矩，不可逾，逾则为老不尊。

日本的主要文学奖多数由出版社创办并运作，固然是出版经营的一环，却也形成了传统，担负着文学责任，并体现出版良心。编辑不止于推荐作品，而且协助甚至指导新秀制造作品去获奖，既为文学开拓前途，又在背后掌控文坛秩序，左右文学史。文学奖多是新人奖，不是给老作家锦上添花，而是发掘新作家，“扶助新作家出道”（菊池宽语）。以出版漫画闻名的集英社也设有四种文学奖，其中“昴文学奖”“小说昴新人奖”是奖励新人的，另两种不问新老，以作品取胜。与健康类、商务类图书相比，如今小说不大有销路，但是写小说的人有增无减。“小说昴新人奖”1988年开募有意思的长篇小说，一年一度，应征最少的年份为912部，2016年为1333部。

属于纯文学的新人奖由五家出版社的文艺刊物操办，即文艺春秋的文学界新人奖、讲谈社的群像新人文学奖、河出书房新社的文艺奖、新潮社的新潮新人奖、集英社的昴文学奖。而文艺春秋的芥川奖、讲谈社的野间文艺新人奖、新潮社的三岛奖则是纯文学新人奖的三大奖，素有“登龙门”（鲤鱼跳龙门）之称。当年文坛大佬菊池宽为了自己想写什么就可以发表什么，创办了杂志《文艺春秋》，接着又办起文艺春秋社，于1935年创设芥川奖和直木奖，这就是出版社文学奖的滥觞。1987年，老牌文艺出版社创办了三岛由纪夫奖和山本周五郎奖，不无与之抗衡之意。年深月久，各种奖项也自成序列：先摘取某杂志新人奖，再进军三大奖，特别是芥川奖，最后是大江健三郎主张废除的艺术院会员。吉村昭四度入围芥川奖，终于接到了获奖通知，驱车赶了去，获奖的却是他的夫人津村节子。这时节比他年轻的石原慎太郎、大江健三郎都早已先后斩获芥川奖，不由得焦躁。正好筑摩书房创设太宰治奖，便投了两篇应募，可算获得新人奖。后来连连获奖，但拒绝了司马辽太郎奖，又先于妻子当上了艺术院会员。

评奖的过程都差不多。以芥川奖为例，先请350人推荐作品，以此为参考，社内评选部门筛选出六七十部，找二十来个职工，四五个人一组，分头阅读，反复讨论，最后剩下五至七部，提交评委会评议。三岛由纪夫当年“也曾是二三文学奖的评委，其一以长篇小说为主，必须读七八部作者们呕心沥血的长篇。不得了的重量感，不得了的精神负担。如果情绪是被动的，就不能读到最后。因此我注意使心境如水，流入作品之中，于是能除去大部分偏见，不论自己多么讨厌的作家，也能虚心地寻觅他苦心经营的踪迹。为此怎么也得搭时间，不愿搭时间的话，带上偏见的有色眼镜读就行了”。

新闻媒体的关注使文学奖变成了社会活动甚至事件，有益于文学与出版，但也时常绑架文学奖。造成社会效应的不是文学，而是附加在奖项上的东西，如性别、年龄。前些年炒作的是少女获奖，近两年似乎又转向老人。退休后写作有点成风，大概有的人本来是文学青年，后来却干了别的营生，老后才得闲，重温旧梦。例如黑田夏子74岁获得早稻田文学新人奖，紧接着又获得了芥川奖，成为该奖历史上年龄最大的得主。不过，她倒不是退休后援笔，而是婚也不结，孜孜不懈地写了70年。

《伯爵夫人》是莲实重彦的第三部小说，距上一个作品时隔20年，以致被当作新作家处理，令他大为不快。可能也自知在记者会上失态，颁奖仪式上致辞，他说："在听众面前拿起麦克风就不知信口说些什么，所以请允许我严肃地宣读事先准备好的文章。"通篇还是在"老"字上做文章，并觉得这个颁奖仪式好像是别人的事。

与海有约永不战

山崎丰子写完《约定之海》第一部，于2013年9月29日去世。笔耕六十年，如其所愿，“一直写进棺材里”。

这是一部战争小说，作为女作家，她要表达怎样的思想呢？山崎去世前两个月所作《执笔之际》说得很明白：探求“不搞战争的军队”。然而，骨灰未寒，2015年7月16日，众议院强行通过了安保法案，日本从战败被解除武装的“非正常”国家将复原为可以拿起武器打仗的“正常”国家。山崎的愿望很可能落空。其实，从军队的本质来说，那也只能是一厢情愿，正如小说中海上自卫队一等海尉原田正当年进军校便体认到“这样的训练基本以杀人为目的”。

山崎丰子素称社会派，笔下很少有日本文学传统的阴柔，充满了阳刚之气。近年来重新展开“战争论”“战后论”，改写对“战争”的评价几成潮流，这是她要写战争的社会背景吧。“战争的主题萦绕我心头。我是战争年代过来的，有一种非写不可的使命感驱动我。”山崎生于1924年，就读京都女子专门学校国文学科时曾穿上扎紧裤脚的劳动裤在军工厂干活儿。“我是磨子弹，磨了杀人的子弹。”她要告诉不知道战争的年轻人，战争究竟是怎么一回事。

《约定之海》是山崎丰子的“战争与和平”。起初只打算写过去的战争，主人公原型是酒卷和男，实有其人。1942年12月，日军袭击珍珠港，酒卷驾驶特殊潜航艇出击，因故障被俘。这种特潜是“人体鱼雷”，同“神风特攻队”一样有去无回，共五艘，十人搭乘，九人丧生，被宣扬为“九军神”，只有这位帝国海军少尉酒卷和男给美军当了“俘虏第一号”。酒卷只求一死，写下辞世歌：樱花该散就让它散吧，枝叶濡湿今日悲。但不知怎么一来，他就变了一个人，劝阻后来的那些俘虏莫求速死，要活着回到祖国建设一个和平的日本。人们始终闹不清日本投降后怎么就齐刷刷地变身成了和平主义者，自不免怀疑其诚意。文学家像政治家或政治评论家那样说事是文学的自杀，但我们不由得期待山崎能描述个人以及民族由战争转向和平的心理与思想的轨迹。

人类历史是“战争与和平”的反复，“战争与和平”也是教人类最头疼的难题。不是合久必分、分久必合之类的转换，而是要消弭战争，永久和平。反对战争，立场及理由各有不同，例如比山崎丰子大一岁多的小说家司马辽太郎当过坦克兵，他认为当时日本领导人是猪脑子，竟然用那么落后的武器打世界。抨击战争，歌颂战士，不可能从根底上树立和平观。用“残酷”二字煽情地反对一切战争，倒可能激起嗜血的变态。日本的和平本来就不是自己争取来的，而是战败的后果。文艺评论家小林秀雄在1940年写下这样的话：“既然仗打起来了，不知什么时候必须拿起枪，到了那一天我会高高兴兴为国家拿起枪。”第二年他把“为国家”改作“为陛下”，战败后的1955年又改作“为祖国”。似乎日本战败70年来就这样偷偷变换着概念，用战败的残迹展示自己对和平的热爱，甚至让浴血把战争扭转为和平的人反倒灰头土脸了。回顾战争，总结历史，不能单是从胜者或败者一方来看，需要有敌我双方的复眼或慧眼。不过，搬起石头砸了自己的脚，和搬起石头砸别人的脑袋不是一回事。人民都是受害者这种话泯不了恩仇，而胜败双方坐在一起编历史教科书终归是一个噱头。

山崎说："我一向主张，21世纪的今天，只要写小说就必须有现代性、国际性。"那么，如何把过去的战争纳入现代的视野呢？提供素材的专家告诉她：在中国东海、日本海，朝鲜、中国已成为不能无视的存在，这时候海上自卫队的潜艇是最有控制力的武器。"我寻找的主题这就成立了"，于是重新构思三部曲，第一部登场的主人公是"酒卷和男"的儿子花卷朔太郎。28岁，二等海尉，冷战终结的1989年他搭乘的潜艇撞沉游览船，淹死30人，对海上自卫队的信念发生了动摇。山崎丰子是绝对反对战争的，但不认可连专事自卫的武力都不能拥有。可是，自卫该如何界定并限定呢？酒卷和男受审时慷慨陈词：因为美国等对日本实施经济封锁，不卖石油、棉花等，把我们逼进了别无选择的地步，所以我和战友出击珍珠港，目的是击沉战舰。司马辽太郎也主张在中国土地上进行的日俄战争是一场"卫国战争"。

山崎说她的"作品命在取材"。小说也需要客观性，追求细节的真实，比如她依赖取材详尽地描写潜艇，但文学更需要虚构，以建起独自的思想主题。她没有写出后两部，倒像是有意留给读者去思考。

诺门坎

村上春树在长篇小说《奇鸟行状录》里写到了诺门坎战役。

诺门坎是地名，地处呼伦贝尔市的新巴尔虎左旗。呼伦贝尔，据说是世界上土地管辖面积最大的地区级城市。一听到这个名字，我们会油然想起风吹草低见牛羊的景象。诺门坎离蒙古国不远，1939年，日军与苏军、蒙军在那里大打出手。因为没有正式宣战，日本称之为“诺门坎事件”，而苏联、蒙古叫做“哈拉哈河战役”。

在哈拉哈河两岸的诺门坎和蒙古国松布尔苏木这一大片草原上，双方从5月打到9月，是日本战史上第一场立体战争。不可一世的关东军大败。5.6万人参战，死8440人，伤8760人，死伤率是32%。充当主力的第23师团损耗更高达76%，近乎全军覆没。苏联解体后资料解密，原来苏军伤亡25655人（其中死9703人），并非东京审判上发表的9000多人，比日方还要惨重。不过，伤亡数量少不等于胜利，达成战争目的的是苏联。双方停战，苏联得以解除东西夹击之忧，把大军调往欧洲前线跟德军作战。此后日本的战略由“北进”转为“南进”，调转枪口找美英闹事去了，两年后袭击珍珠港，最终导致了灭顶之灾。有史学家把诺门坎战役视为第二次世界大战的起点。

这场战争对于日本来说很重大，司马辽太郎也想写来着。

他晚年回忆自己怎么写起了小说，言道："听了停战广播以后觉得自己生在了多么愚蠢的国家。过去不会这样吧。所谓过去，是镰仓的时候，室町、战国的时候。也想到晚近的江户时期或明治时代，怎么也不能相信有人会像昭和军人们那样做出把国家当赌注投进赌场似的事情。不久复员，在战后社会里土头土脸地过日子，30多岁想起写小说。起初是当作自娱，后来做调查写，就是想自己解开上面提到的疑问。"

司马辽太郎是历史小说家，对历史的思考和见解被称为司马史观。这段话表达了他的一个基本观点，即打败大清、打败沙俄的明治时代是光明的，而一败涂地的昭和时代一片黑暗——"在日本历史中，再没有像昭和初期的权力参与者和国民那么愚劣的了。江户文明产生了成熟的政治家和国民，但是从大正末期到昭和初期出现的高级军人和高级官僚在飞跃地发展的国际社会中根本不能把握和认识日本，像幼儿一样。"

1943年，司马辽太郎从大阪外国语学校蒙古语科提前毕业，应召入伍，开赴牡丹江，担任坦克长，指挥四辆坦克。和苏军坦克相比，日本的坦克炮身短，没有穿透力，钢板薄，没有防御力，简直像玩具，只能系好"兜裆布"，依仗"大和魂"。所在部队有五年前诺门坎战役活下来的老兵。司马把"大东亚战争"看作世界史上最大的怪事，只要用常识想一想就知道这场战争必败无疑，陆军军阀居然发动了。用中国的说法，没有金刚钻，不要揽瓷器活儿。常有人说日本人欺软怕硬，但是从司马辽太郎的分析来看，日本人时常自以为了不起，拿鸡蛋往石头上撞。

可能司马辽太郎的人生计划是40多岁写了打败俄国的《坂上的云》，50多岁再写一部大作，那就是被苏联打败的“诺门坎战役”。有个叫半藤一利的，今年87岁了，主编过《文艺春秋》等杂志，退休后写书，自称历史侦探，对于昭和史尤有造诣。他曾约司马，如果以诺门坎事件为素材写昭和战争史，愿意尽全力帮忙。

司马打算写。“诺门坎事件仿佛已变成日本人骨髓中的病灶沉睡着，对于没发觉的人来说无所谓，却在向觉察的人发出痛楚。”作为太平洋战争的原型，他意在解剖麻雀，借以看日军，看日本人，看日本这个民族。

司马花了20年工夫收集资料，采访当事人。例如采访了诺门坎战役时担任参谋本部作战科长的稻田正纯，可是，“6个小时他愉快地几乎没有间歇地喋喋不休，但是连小石头一般有内容的事情也不说。我40年来没见过这样奇怪的人物。本子上一行也没记。值得记的事情对方全没说”。越看诺门坎战史，越对陆军上层的无能之辈气不打一处来，甚至觉得若是写诺门坎，血管非破裂不可。

终于没有写，此事就成了一个谜。据半藤一利猜测，原因之一可能是没找到足以当主人公的模特。

其实司马辽太郎也采访到了一个可心的人物，叫须见新一郎，陆军大学毕业，大佐，任步兵第26连队连队长（按日军编制，连队在师团之下，大队之上），率兵参战。须见反对第23师团师团长小松原道太郎中将的作战计划，说他从根儿上就是个神经质的胆小鬼，始终对那些纸上谈兵，送掉那么多士兵性命的家伙们怀恨在心。小松原当过驻苏武官，是知苏第一人，最清楚日军不能与苏联的机械化部队同日而语，却发起这场战争，把日军推进了火坑。有研究者根据日俄两国的档案，怀疑小松原是苏联间谍。

须见新一郎仿佛让司马辽太郎看见他还在流血，怨恨全部倾向手拿“参谋”这根魔杖的人。司马操纵的坦克好似用纸板做的，不堪一击。日军简直像织田信长的军队，却自视甚高，以为苏联红军还不过是当年被日本打败的沙俄军队。司马批判：“充分具有统治能力的国家不会在日中战争陷入泥沼的时候搞诺门坎事件，而且事件仅仅两年之后就又用同样是织田信长年代的装备对美英搞太平洋战争。织田信长不会搞，连中小企业的老爷子也不会这样搞公司经营。昭和军阀这些人的感觉是日本史和世界史上都没有的。”须见亲历诺门坎战役的感受与司马一致，大概他打算用须见当小说主人公，塑造一个英雄人物。

几乎要欣然命笔了，却收到须见的绝交信，不许司马使用采访的材料，今后也不再接受他采访。信中恨恨地写道：“我瞎了眼，你竟然跟那么卑劣的家伙对谈！”采访应顾及各方面，以求无限地接近历史真相，但相对而谈，在某种程度上就是给对方捧场。

那家伙是谁？原来是濑岛龙三，山崎丰子的长篇小说《不毛地带》的主人公壹岐正的原型就是他。濑岛陆军士官学校毕业，28岁任职陆军参谋本部作战科，进而任大本营陆军参谋，是太平洋战争的关键人物。他被苏军逮捕，判处25年徒刑，1956年释放归国，1972年任伊藤忠商事副社长，后来是中曾根康弘、竹下登等首相的“参谋”。写过一本《几山河》，回忆太平洋战争是“自存自卫的被动战争”。而须见新一郎是三个从诺门坎战场上活下来的连队长之一，按照陆军的做法，一把手枪放在了桌上，暗示他自决，以承担战败的责任。须见拒不从命，回家当百姓，日本投降后在长野县上山田温泉经营一家小旅馆，叫“三乐庄”。大概咒骂小松原道太郎、濑岛龙三这些人是他的余生一乐。

没有了原型，司马辽太郎泄了气，把资料装进大袋子丢到一边积灰尘。1987年写完《韃靼疾风录》以后不再写小说，直到1996年去世，写了八九年随笔。

村上春树曾就日本与中国、韩国的领土问题撰文，也提到诺门坎之战，说：“我在小说《奇鸟行状录》中曾写到1939年满洲国和蒙古之间发生的‘诺门坎战事’。那是边境线纷争带来的短暂却炽烈的战争。日军和蒙、苏军之间进行了激烈的战斗，双方共有将近2万士兵丧命。我写了小说之后访问该地，站在现在还散落着弹夹、遗物的广漠荒野当中，深感浑身无力：为什么人们非要为这样一片什么也没有的不毛之地，毫无意义地互相杀戮不可呢？”

司马辽太郎的眼光停留在历史上，抱怨并抨击为政者。村上没有经历过战争，他探寻对历史的集体记忆。似乎有时从历史抽掉原有的意义，对历史的看法就焕然一新。离远点儿，再高再大的东西也变得渺小。让村上浑身无力的疑问未免有一点虚无。

司马辽太郎死后，半藤一利撰写了一本《诺门坎的夏天》。

东京七玫瑰

井上厦在《东京七玫瑰》里写的，不知真假，但他说过，这个小说整个浪儿是虚构，但细节是真实的。

请读者尝细节一脔：

监狱里关押了14名思想犯，但大家对这个头衔都愧不敢当。例如那个做呱嗒板儿的，喝了几两勾兑清酒就醉了，信口说“天皇陛下从咱们这儿收取那么高的税金，还不够，又把我两个儿子抢去了，不就过年过节赐给一条裤衩吗”，于是他成了思想犯。更倒霉的是一个运货的朝鲜人，赶着马车经过派出所，哼唱“朝鲜人真可怜/打败仗亡了国/地震又把家震塌郎里格朗里格朗里格朗/朝鲜人真可怜/拣废纸一天卖五钱/吃不饱肚子郎里格朗里格朗里格朗”，被警察叫住：“这本来是日本人唱的俗谣，愚弄朝鲜人的，但朝鲜人自己唱就是傲岸不逊。”给送进警视厅的特别高等警察部，定罪为“图谋朝鲜半岛独立的不逞之徒之魁首”。被看守们视为思想最危险的是一个农校教师，近视眼，对两三个学生讲自己的疑问：报纸和广播总说胜了胜了，可友人一个接一个战死，打了八年都没能制服中国，因为缺少那个实力，那就更打不过美国或英国了。

看守所的所长要求犯人每天至少做一条“悔改标语”，一块大黑板就写上了：

“月在东，日在西，天皇陛下在当中。”（这是套用芜村的俳句）

“B29是恶魔的杰作，零战是神的杰作。”（零战是零式舰上战斗机的通称，日本海军的主力战斗机，动画片《起风了》演的就是设计者的故事）

“鬼畜美英呀，你的胳膊跟日本打架太短啦。”

书里还写了一些战时泛滥的“高，实在是高”的高招：夜战的话，日本兵比美国兵厉害。因为美国兵白净，容易用枪打。日本兵皮肤有颜色，溶入黑暗里，美国兵不知往哪里开枪。空战的话，日本断然有利。敌我双方的飞机驾驶舱都窄小，日本人恰好短腿，而且每天早上蹲厕所，窄小也胜任愉快。白人腿太长，不能长时间坐在窄小的地方。空战时这个差别就凸显出来了。

可还是战败了。资源短缺，政府在1945年7月让全国的窑口烧制五钱的陶币，圆形，表面是菊花，背面是桃子。有个人去名窑所在的有田偷了一背囊，5000枚，合计250日元。可是等来等去也不见陶币上市流通。一打听，邮局的局长说：战败了，好像不用啦。听说制造了1500万枚，8月里都给破碎了，一枚不剩。把这个贼人气得痛饮酒精兑水，回家挖出了陶币，一边骂一边扔：为什么打败了，打胜打败都可以用嘛。

或许就是他扔掉的，如今古董市场上有售，五钱的陶币一枚值几万日元，还有面值一钱、十钱的。前几年在佐贺县发现了一块“造币局有田办事处”的牌子。井上厦的细节真的是真的。《吉里吉里人》是他的代表作，但我觉得《东京七玫瑰》更有趣，而且更现实。国破国语在，七个为美国大兵服务的女子奋起抵抗占领军及日奸把以汉字为实体的日本语改用假名或罗马字，这故事题为“东京七钗”更有中国味。

从恐怖到科幻

20年前写过一篇关于日本恐怖小说的短文，有这样的一段话：

美国的迪恩·昆兹（Dean.R.Koontz）本来是二流科幻小说家，看见斯蒂芬·金（Stephen King）独树一帜，大畅其销，于是也转向“现代恐怖”，变成身手不凡的恐怖小说家。这两位美国恐怖小说家是日本眼下正流行的现代恐怖小说的“祖师爷”。所谓现代恐怖小说，往往都含有科幻的因素。似乎欧美作品多以物理学为题材，而日本作品的主流是生物学，即生物恐怖小说，如濑名秀明的《寄生夏娃》（细胞内的线粒体变成怪物向人类挑战）、梅原克文的《二重螺旋的恶魔》（人的脱氧核糖核酸中有内含子，似乎毫无用处，里面却封存着太古的恶魔）、中井拓志的《左手毒行》（把病毒作为机器人携带脱氧核糖核酸的行动程序对生物体内部施行管理）。其背景在于近年来生物技术、遗传基因工程等自然科学飞跃发展，引人瞩目。对于人来说，自己会变成什么，人变成非人，大概是最为恐怖的。

铃木光司的“环界”系列小说大致也属于生物学范畴。恐怖与推理这两种类型小说都算是娱乐文学，而且是知识性娱乐。推理小说使人紧张，在迫近的危险中享受快乐，而恐怖小说让人汗毛倒竖，那是一种肉体先于精神的恐怖，过后也破涕一笑，深思莫须有的现实。“环界”系列第一部《链》(*RING*)出版于1991年。这个小说以及据之改编的电影被译作“铃”乃至“午夜凶铃”，可除了作者姓铃木，哪里也没有铃，真令人莫名其妙。铃木光司好亮出两胳膊肌肉，说练成这样子是为了保护家庭，常被人当作体力劳动者，却是在家里做“主夫”。他立志当作家，上脚本学习班，给同学们朗读的习作即这个《链》的原型。当初只是想写得有趣和出人意料，似乎不曾考虑到利用“科学”。

《链》的连锁起因于奸杀：长尾感染了天花，是日本最后的天花患者，“不知从哪里涌起冲动，天花引起的发烧夺去了控制能力”，在南箱根疗养所的树林里强奸了贞子。“行为结束，贞子用强烈的视线盯住我，仰着身支起双膝，伶俐地用胳膊肘慢慢往后退。我再次看她的身体，以为看错了：那皱巴巴的灰色长裙卷到腰际，也不遮掩露出的胸脯，阳光忽然照到她往后退的大腿根，清楚照见了黑黢黢的小疙瘩。抬眼看胸脯，那里有形状很漂亮的乳房，再低下视线，那里，被阴毛覆盖的耻丘底下长着分化发育很完全的睾丸。”长尾是医生，知道这叫做“睾丸女性化综合征”，俗称阴阳人。兼具男女性器，是“力与美的完满象征”，贞子就是个长尾从未见过的美人，比他年长20岁的田中医生也这么说。贞子具有特异功能，于是一句话飞进长尾的脑子里：我要杀了你！长尾本能地自卫，掐死贞子，丢进了一口老井里。千里眼、意念之类的特异功能早在明治年间风行过，铃木的想象则是把特异功能和天花病毒相结合，贞子的“怨念”附着到录像带上，谁看了谁死，也就是报复社会。无辜的人一个接一个死掉，而罪犯长尾将近30年后还活着，开着长尾医院。这种小说总有点“玩忽”人命。不消说，往下读峰回路转，无非要破解录像的诅咒，也就非借助科学不可。

五年后（1995年）出版了续篇《螺旋》（*RASEN*），又过了三年（1998年），出版了《环》（*LOOP*），这三部作品构成了“环界”系列。大概并非有预谋，而是写了一本又接着写下一本，犹如那个关键词“自我增殖”，即便把人物写死了也可以找个说法让他复活，自成系列。铃木光司是文学系学法文的，不像濑名秀明出身理工科，跟科研什么的完全不沾边，以致外科医生、小说家石黑达昌对于他正确地运用医学知识，使专门学识升华为故事，“常常觉得不可思议，帮助小说家的医生参与编故事到什么程度呢？或者在构思阶段几乎是合著似的关系吧”。铃木曾鸣谢医生中野几太，医学领域的问题“托他的福，荒唐无稽的故事得以有些许现实感”。还说过：“和北野教授交往能得到莫大的启迪，多么荒唐无稽的询问也迅速给予回答，若没有他的灵活头脑，恐怕就完不成《环》。”北野宏明被称作日本研究人工生命第一人，铃木家距离他的研究室只有不到5分钟的路程。

铃木创作《环》之前阅读科学书籍，获悉了兰顿（Christopher Langton）的研究。1987年，兰顿提出了人工生命的概念——用计算机系统等建构交配、增殖、运动、摄食、学习、适应、进化等生命所具有的各种活动，进行模拟，以加深对现存生命的了解，弄清生命现象特征的各种原理。铃木“想知道生命到底是什么，包括人在内，世界会怎么样。加进科学知识也是这种愿望的表现，即寻求答案，从一切角度来理解世界”。《链》用特异功能之类的怪异使人恐怖，而《螺旋》从医学、分子生物学解释，已偏向医学小说。到了《环》，揭示《链》和《螺旋》的世界原来在超巨大的计算机内，人物都生活在假想现实的“环”当中，而病毒超越了计算机程序与现实世界的边界危及人类。“环界”系列越来越不恐怖，变成了SF，即所谓科幻，用计算机的虚拟生命系统和基因工程技术的人工改造生物系统探究生命之谜，生命怎样诞生，自己为什么在这里，好生叫那些寻求恐怖与刺激的读者失望。

《链》引爆了现代恐怖小说热，铃木光司被封为“恐怖小说家”，但他本人不喜欢这个头衔。英国作家玛丽·雪莱被称作SF的鼻祖，她1818年出版的《弗兰肯斯坦》是恐怖小说的先驱，科幻与恐怖本来就是一回事。恐怖不是人造成的，而是对未知的恐怖。超乎想象的科学也令人恐怖。有时可怕的并非未知的怪物，反倒是越做出煞有其事的科学解说越引起惶恐。科幻基于科学的想象描写未来社会的人，尊重科学精神，不能无视或违反科学的基本原理，但不拘泥于科学的细节，与小说的情节构成表里一体。科幻（Science Fiction）与奇幻（Fantasy）同样是幻想的文学，但奇幻乃至魔幻不利用科学，而是玩魔术。一个国家的科学、技术、产业，以及社会的发展和该国科幻文化的进化之间必定有某些关联，日本战败后的《铁臂阿童木》和《怪兽哥斯拉》是典型。科幻是拘泥于题材的文学，诸如宇宙（旅行、移民、外星人乃至战争）、时间（过去与未来、改变历史或世界末日，富有哲学性广度）、机械以及机器人与人工智能、异界和异维空间、改造人以至克隆人。科学尚不能解释的现象，或由宗教阐释，或由科幻作家加以描写及解说。科幻是可能成真的梦，恐怖小说也并非噩梦。

铃木光司把创作“环界”三部曲时割爱的细节展开来，又写了三个短篇，1999年合集为《新生》(*BIRTHDAY*)。十多年过后，2012年出版了*S*、2013年出版了*TIDE*，再续贞子，从“环界”系列来读，似乎有蛇足之感。

天性烂漫的童谣

金子美铃是“童谣诗人”。

1903年，日本纪年为明治三十六年，美铃出生在山口县的仙崎。那里是濒临日本海的渔港小城。

山口也是日本第一任首相伊藤博文的故乡。1895年大清国惨败，李鸿章出使，就是在山口县的下关割地赔款。中国人的血汗让日本一下子富了起来，到了大正年间，思潮及文化呈现自由化，美其名曰“大正浪漫”。1918年（大正七年），铃木三重吉创办了《赤鸟》，芥川龙之介的《蜘蛛丝》《杜子春》都发表在这个儿童杂志上。童谣自古有之，为区别于民间传承，新兴童谣也叫做“创作童谣”。

美铃家在仙崎开书店。她17岁读完中学，20岁移居下关，在继父的书店做工。这一年（大正十二年），《童话》《金星》等四种杂志刊登了她创作的五首童谣诗，美铃闪亮登场。著名诗人西条八十予以鼓励，说“她的作品富有不逊于英国女诗人克里斯蒂娜·罗塞蒂的华丽幻想”。美铃23岁结婚，丈夫不许她写诗，不许她跟诗友通信。“大家不一样，做自己就好”是她的心愿，但与其说是歌吟，不如说是呐喊。她甚至幻想：“我要是个男孩/就去当那海盗/以世界的海为家/船涂成海的颜色/挂起天空颜色的帆/在哪里也不会被谁发现。”大正只有短短15年，“浪漫”不过是夹缝里的狂欢，随着军国色彩渐浓，没有战斗性的童谣被排斥，1929年（昭和四年），《赤鸟》《金星》等杂志停刊。或许女性独有的敏锐与细腻使金子美玲像芥川龙之介一样对将来不安。在现实中做不成自己，但不泯天性。

美铃的诗心完全在于天性。她发现美，也到处发现悲哀，总是从事物的一面看见另一面，看见光明背后的阴暗。例如《大渔》，鱼满舱的欢喜却让她想象海中同类的哀悼。又如《积雪》，现实的积雪被她空想为三层，上层被冰月照得冷，下层被众人踩得重，而中间一层看不见天、看不见地，一定很寂寞。奇思妙想，那么自然地想到寂寞与悲哀。因为她内心满是孤独，对小花小草小动物的慈爱也像是出自这种孤独。“我孤独时佛祖孤独吗？”人离不开社会，但孤独永恒，心弦一旦被拨动，读过就不忘。诗中也时时流露对母亲的眷恋，反过来，这也是母亲对女儿的宠爱。美铃26岁离婚，丈夫抢走了女儿，她以死抗争，在书店里自杀。诗人生涯仅仅六年有半。

1926年，新潮社出版的《日本童谣集》收录了美铃的两首诗《大渔》和《鱼》；1957年，岩波书店出版的《日本童谣集》收录她一首《大渔》，此后美铃仿佛被遗忘。1984年，美铃的遗稿被发现，原来她死前把诗稿整理成了三册，取名《美丽的小镇》《寂寞的公主》《天上的母亲》，誊清两部，一部送西条八十，一部交弟弟收藏。美铃生前发表作品56首，而遗作多达512首，这颗“年轻童谣诗人中的巨星”离世半个多世纪之后赫然重现。

如今，金子美铃已成为故乡的金字招牌，她生活20年的“金子文英堂”书店被复原，辟为金子美铃纪念馆。从下关到仙崎沿海跑着观光列车，叫“美铃潮彩”，不消说，她活着的时候还没有这条山阴铁道线。

铁路上的推理

1830年，英国的利物浦与曼彻斯特之间开始跑火车。

坐上了火车，兴奋过后，就需要消磨时间，读书再好不过了，于是火车促销了书。

埃德加·爱伦·坡1841年创作的短篇小说《莫格街谋杀案》滥觞了推理小说。1887年，柯南·道尔发表中篇小说《血字的研究》，塑造了福尔摩斯的侦探形象，一系列作品使推理小说飞跃发展。虽然伦敦已经有了地铁，但福尔摩斯在市内主要用马车代步。1898年的《消失的临时列车》整个故事都与铁路有关，但那里没有福尔摩斯，此前他已被写死。以铁路为舞台或主题的推理小说，日本叫铁路推理小说。

1872年，日本由英国援助技术与资金修建的铁路（东京至横滨）开通。

1877年，一个叫神田孝平的人翻译了荷兰作家的《杨牙儿之奇狱》，乃日本引进欧美推理小说之始。从原创来说，日本推理小说史的起点是1921年横沟正史的短篇小说《可怕的愚人节傻瓜》和两年后江户川乱步的短篇小说《二钱铜币》，从此，除了战争期间有十来年空白，推理小说经久不衰。《二钱铜币》之后乱步又写了一个短篇《一张车票》，可算是铁路推理小说。

日本有旅行传统，对铁路也特别有亲切感，铁路推理小说常写常新。1950年朝鲜战争爆发，日本借机复兴。1956年，政府宣布“不再是战后”，经济前所未有的景气，火车提速，干线开始电气化。战败后第一趟夜行特快列车“晨风”号开始运行，从东京到博多(福冈)。翌年，松本清张拿它编故事。在福冈市海边发现两具尸体，认定为服毒情死，然而老刑警起疑。他们乘坐的“晨风”从东京站15号线发车，有熟人从13号线站台看见了这对男女。东京站大概是世界上最繁忙的车站，列车不断地进出14号线，一天里只有4分钟的空当能够从13号线那边看到“晨风”身影，目击者偏偏就望见了。应月刊《旅》之约，松本创作了这部长篇小说《点和线》，连载一年，1958年出版单行本。他三年前获得纯文学的芥川奖，却是凭大众文学一炮打响，掀起了社会派推理小说热。用的是惯常的倒叙手法，嫌犯早早被亮了出来，读者跟作者在制造不在现场假象与破解不在现场真相上斗智。

英国火车起初像是把几个马车的车厢连起来，互不相通，又多是包间，开起来乘客好似被关进牢笼，推理小说家就利用这种密室性。日本车厢却大都开放，卧铺车很少，一般除了厕所、乘务员室，不具有密室性，除非把整节车厢设定为密室，否则是难以作案的。《点和线》的推理整个建立在火车正点的基础上。日本火车正点运行堪称世界之最。英国不准时，以致有这样的笑谈：某日分秒不差地进站，令人惊奇，原来是昨天的车才到。虽然火车时刻表是1839年英国最早发行，但他们作案不能像日本犯人那样信赖火车时刻表。或许铁路推理小说也培养了日本人的时间感觉以及守时习惯。

中国铁路大发展，也可能为铁路推理小说提供素材，那么，小说家笔下的故事多是英国式，还是日本式呢?

诗人大冈信

大冈信去世了，享年八十六。

他是诗人，有巨星之誉。日本自古以来是诗国，可惜我们更看重它的漫画。和歌、汉诗、俳句、歌谣、近现代诗，多种多样，往昔说“诗”就是指汉诗，用汉语创作，相对而言，用日语写的诗叫和歌，也单称“歌”。明治年间学西方诗歌的形式与精神所创造的诗型叫新体诗，逐步发展为近代诗、现代诗，如今说“诗”大都是指它。大冈基本写现代诗。上中学时开始写，大学读东京大学日本文学专业，毕业论文是《夏目漱石——修禅寺吐血以后》。以后进读卖新闻社当记者，后辞职搞诗歌杂志，也当过教授，当过日本笔会的会长。他也是评论家，从文学到美术、音乐，涉笔广泛。

1979年，日本数一数二的大报《朝日新闻》创刊100周年，邀大冈开专栏。从当年1月25日开始，到2007年3月31日结束，天天见报，长达29年（时有间歇），计6762回。常听人夸日本人细致，我却觉得他们最大的民族性是持之以恒，正因为有恒，才能做到细致。专栏叫《应时的歌》，起初在其他版面，后来挪到第一版，发生昭和天皇去世、奥姆真理教放毒等重大新闻时也岿然不动，这恐怕在世界上绝无仅有。上世纪80年代来日本，见报纸第一版有诗和新书广告（不是远方的新书哟），每周有书评版，大为惊诧。后来中国报刊的书评也多起来，而且凡事要做大做强，比日本有过之而无不及，但好像诗和新书广告不曾上头版，如今又听说书评衰落了。《万叶集》收诗4500首，而《应时的歌》日积月累，积累成了日本最大的诗歌选集。我很少读大冈的诗，读的是这个专栏，只有豆腐块大小，不，180字，充其量是臭豆腐块。字有认识不认识的，一个一个读下去，居然也跟着坚持了十多年，大长了日本诗歌的知识，而那些头条新闻都不过是烟云之过眼。

开这个专栏的初衷是“造成日本诗歌的常识”。大冈信用诗人的感性、批评家的野性以及记者的手段从《万叶集》、松尾芭蕉等古典名作以及未出版的、小学生的、以时事为题材的、外国人的俳句、短歌、歌谣以及近现代诗、汉诗的片段中选材，用180个字的短文深入浅出做月旦评。引用作品不超过两行，也多亏了日本的诗型之短。日本向来有歌坛、俳坛，基本是和歌或俳句爱好者圈子的自得其乐，大冈的选评好似“每天把一颗小石子投入读者的心泉”，使诗歌走进大众当中。他一向看重语言，认为“语言是敏感的活物，让堕落的用法继续下去，就会最轻易地变成恶劣的素材”。据他说，起初没有传真机，报社天天开摩托车取稿，他也不能长时间外游，有了传真机以后则抱着一大堆资料去旅行。几家出版社各自将专栏文字结集为单行本，岩波书店的10卷小开本把字数扩大到210字，作者对报上刊登的原文又做了加工。

现代诗来自西方，与日本传统几乎是断绝的，并没有继承关系。它邻近小说、散文，甚至就是散文诗。仿照传统的连歌、连句，从

1970年初起，大冈热心地提倡“连诗”，还写过一本《连诗的愉悦》。连诗跟我国古代的联诗差不多，读一读《红楼梦》里的“芦雪庵争联即景诗”，就知道几个人凑在一起，你一句我一句地即兴作诗有多么好玩。大冈也和外国诗人连诗，当然需要有翻译在场。莫非日本诗人都有点色？他告诫，“和外国人连诗，最好不要色，因为各国有各国的意思，宗教上也有各种意思”。

大冈信也连句。上一个人吟三句，字数为五、七、五，下一个人接两句，字数七、七，往下循环，总共36回叫歌仙，100回叫百韵。20世纪70年代，文艺评论家丸谷才一吟道：给人打下手/翻译梦露的传记/日币五万元。大冈接：扑通一声落下来/房檐上残存的雪。梦露热已经是20年前的事情了。1954年，美国女演员玛丽莲·梦露和棒球手结婚，应邀来日本旅行，突发胃痉挛，叫来指压疗法创始人浪越德治郎用指压缓解，所以他是唯一触摸过梦露肌肤的日本人，而且指压的时间比通常长三倍，享尽了艳福。闹不清丸谷是用翻译梦露传记的价钱来形容梦露热（当时他月薪1万日元左右），还是他真的翻译过。小说家石川淳说丸谷这句是处心积虑的臭诗。1962年，梦露在家里全裸死亡，大冈写了一首《玛丽莲》。有云：“她两眼陷没/化作湖水/月光闪闪发光/像虫子的大群/覆盖一望无际的水面/漂浮的/胶片碎屑/那散乱的反射光/把血友病的好莱坞/浮上了夜空/流真的血而死/必须赤裸裸横陈。”

他还有这样的诗句：“梦像野兽的脚步悄悄地叩击我们的房顶”；“活/那里有什么不可思议/我的早晨裹在人们的早晨里”；“掘起沙滩里打盹儿的春天/你用它妆扮头发/你笑了/笑的泡沫像波纹散向天空/大海静静地温暖草色的阳光”。大冈信和诗人谷川俊太郎同年（1931年生），在诗的进路上也大致同步，只是后者再而三地离婚结婚。俳人长谷川櫂曾比较他们，说：谷川的诗接近散文，合乎语言的逻辑构造，而大冈的诗或者把语言的逻辑性联系割断，或者把没有关系的语言连起来，乍一看难以理解。语言不是建立在常识性逻辑上，需要先把它直感地切碎，再直感地结合。当年人们觉得大冈信的诗才是诗，大冈信才是真正的诗人，但现在觉得谷川的诗更易于理解。对诗的感性在衰退，变得追求容易理解的东西。自己活在常识的世界，在用那常识来理解的范围里追求诗。

2017年4月5日大冈信病故。八年前，故乡静冈县三岛市开办了“大冈信语言馆”。他说过，他的诗的语言带有“意思的尾巴”。如今很多诗就像秃尾巴狼，读来没意思，倒是很吓人。

冈本太郎和藤田嗣治

冈本太郎有意思，据说镜头一朝向他，他就不由自主地瞪起眼睛装模作样。大作“太阳塔”立在大阪府的世博公园里，久闻其名，特地去看了看，像一只企鹅。自知太不懂艺术，找来一本他的自传读，以期能看出艺术的门道来，却读到这样的话：

> 在巴黎做事，只是战争时期逃回日本协助军国主义，战后又若无其事地回法国去的人也多，我感到愤怒与轻蔑。不通情理、不负责任、简单的机会主义，而且对此毫无自觉，确实是日本的。

立马想到了藤田嗣治，觉得冈本太郎说的就是他，大概也因为刚好翻阅了《藤田嗣治写给妻登美子的信》，2016年8月出版，收录179封信（有些明信片）。藤田是一见钟情而结婚的，燕尔半年便赴法学画，相约一年后登美子也去。不料，一年后的1914年7月，第一次世界大战爆发。这些信就是他自1913年6月从欧洲写给妻子的家书。

藤田嗣治的标准模样是娃娃头，圆圆的黑框眼镜，一小撮髭，好像鼻子底下横了一把牙刷，先给艺术之都搞个怪。岛崎藤村也是1913年来到巴黎——把在他家当保姆的侄女搞出了身孕，放洋避风头。作家做什么都不白做，岛崎给日本报纸写通讯，后汇编成书，被当作法国在大战时期的珍贵史料。但藤田在1915年3月4日的信中写道："藤村的通讯也可怜，净是些无聊的事，根本都没有，知道巴黎的人都笑了。都是我们给他讲的材料呀，可是他心里实在没明白，所以一写就错了。"藤田夫妻一个为艺术不愿回故国，一个因战争无法去他乡，离婚似顺理成章。信写到1916年11月为止。转年，藤田凭画家的眼光又一见钟情了法国女人。全靠这位本来也想当画家的妻子玩命地奔走，婚后不久，藤田第一次在画廊办个展。

冈本太郎随父母以及母亲的两个情人抵达巴黎是1930年，藤田嗣治的画已经和太郎立志要超越的毕加索并肩出展。"乳白色肌肤"的裸女震惊巴黎，据说涂的是滑石粉，用来造婴儿爽身粉的原料。太郎一头扎进了抽象艺术运动，创作了《伤痛的手臂》。第二次世界大战又起，1940年6月，德军占领巴黎，冈本太郎和藤田嗣治前后脚乘船回国。藤田剃掉了娃娃头，就任陆军美术协会理事长，以极大的热情描绘战争。他写过《制作战争画的要点》，说"综合所有画题的东西是战争画，风景、人物、静物，一切浑然酿造出氛围"。他画给大众看，不是要表现战争的悲惨，而是杀戮的壮烈。而太郎呢，回到日本一年后被征兵，开赴中国战场，直到1946年。他写道："军队生活四年，收容所一年，那五年里我觉得像是被冷冻，我的人生从不曾那样空空荡荡。"难怪他对于用美术来提振斗志的藤田们"感到愤怒与轻蔑"。

不过，藤田嗣治并不是“若无其事地”离开日本的。1943年9月，朝日新闻社协助陆军美术协会举办“决战美术展”，藤田嗣治出展代表作《阿图岛玉碎》。1945年10月，朝日新闻上刊文，责问藤田嗣治等“美术家的节操”。1946年，占领军下令清算军国主义领导人，各界积极响应，甚至主动预备好了“战争协力者”。美术界公认日本画的横山大观和西洋画的藤田嗣治是战犯。藤田辩解：我比哪个日本画家都画得好，当然战争画也是第一，但没有协助日本法西斯，除了动动画笔，什么都没干。美术界开列罪状，说他画坛的和社会的名声成为军国主义运动的大力量，对国民的影响极大。而且找上门，劝他自认战犯，代表所有画过战争画的人向占领军当局投案。国民翻脸不认人，美国大兵却仰慕这位自诩“本世纪代表世界的艺术家”，开着吉普来买他的画，夫人们则请他画像。在战败后的废墟里，他家有的是美国罐头。藤田没有被定为战争协力者，1949年离开日本，再没回来过。79岁受洗，舍弃日本名，改称列奥纳多·藤田。手记中写道：“生在日本不被祖国爱，归化也不被当法国人待见……我是一个在迷途中结束一生的薄命画家。”

美军缴获了一批战争画，运回美国，1970年以无限期出借的形式归还日本，收藏在国立近代美术馆。冈本太郎的《伤痛的手臂》也是该美术馆的藏品，战败后重画的，因为从巴黎带回国的作品在美军空袭中都化为了灰烬。以艺术的名义殊途同归，历史常教人尴尬。

东京的涩谷站有一条长通道，一面墙上画着一幅长30米的壁画，据说是冈本太郎最高、最大的杰作，叫“明天的神话”，与“太阳塔”同时创作。本来是墨西哥建酒店订制的，后来发生变故，被丢在郊外的材料堆里30年，修复之后恒久地装饰在涩谷。听人解说，描绘的是原子弹爆炸的瞬间，但人能跨过残酷的悲剧，前头有“明天的神话”。常见壁画对面的窗前有游客向外张望或拍摄站前行人如织的街头，但好像没有人驻足眺望这幅壁画，大概只感觉那面墙上涂了一片五颜六色。藤田嗣治的战争画一打眼就令人震撼，无须像现代画那样喋喋不休地诠释，才似懂非懂了含义，或许就看出好玩来。人们往往更容易回头看昨天的陈迹，而不是瞻望明日的莫测，这也足以让冈本“感到愤怒与轻蔑”。

2016年是藤田嗣治诞辰130周年。前一年上映了电影《藤田》，小栗康平执导，日法合拍。逛百货商店，见画廊有“藤田嗣治作品展”，都是些小画，有铜版的，有木版的，印了一二百张，也有寥寥几笔的素描草稿。喜欢一小幅水墨《菜花》，施以淡彩，小蜜蜂画得像真的，标价680万日元。

今昔百物语

听人讲鬼故事，有一种明知山有虎偏向虎山行的乐趣。

我生于1949年，属于跟共和国一起成长的一代，即一路伴随共和国的筚路蓝缕或柳暗花明，诸如除四害，大炼钢铁，三年自然灾害，“文革”，上山下乡……我下到吉林省的山里，民居是对面炕，一间屋子里睡了两炕“知识青年”，未读完高中或初中的。夏天，劳累了一天也难以入睡，尤其月黑天，吹灭煤油灯真个是伸手不见五指，有人便提议讲吓死人的故事。烟头的光忽明忽暗地照亮吸烟人的脸，满脸的鬼气。开车不晕车，谈鬼不怕鬼，“如语者”吸一口烟，听众的心就被提起来一下。

日本人也爱夏天里谈鬼，当作“风物诗”。时值溽暑，电视播放怪谈节目，影院上演恐怖电影，游乐园开设妖怪屋。2011年，东日本地震，引发大海啸，造成了核电站事故，全社会呼吁节电，更有人鼓吹“用怪谈消暑”。

“鬼”这个汉字最早出现在733年成书的《出云国风土记》中，该鬼一只眼，吃人。平安朝（8世纪末至12世纪末）闹“怨灵”，皇家贵族乃至平民百姓都不得安生，那就是我们所说的厉鬼。日本鬼的造型是头上长角，手持铁棒，系一条虎皮兜裆布。阴阳道的鬼出入鬼门，位于丑寅方向，丑牛寅虎，所以鬼的模样是牛头虎躯，后来从简，只剩下牛的两只或一只角和虎的一小块皮。神、鬼、精、妖，统称为怪，神被人好生供奉，人死变鬼，其他东西则修炼成精，不明不白的归为妖。德川家康以下四代幕府将军的侍讲林罗山从中国《搜神记》等志怪、传奇书籍摘编了《怪谈全书》，于1698年刊行，“志”“传”变为“谈”。天下太平，人们就想法自己吓唬自己，江户年间尤盛行怪谈，就是鬼故事。如今我们把怪谈这说法拿了来，鬼故事也大大地（东）洋气。

日本人有聚堆儿的习性，聚在一起吟连歌或连句，聚在一起修茶道，下班不回家聚在一起喝酒，经济大发展时就叫做团队精神被大加赞扬。聚在一起开故事会，讲鬼故事，叫“百物语”。关于百物语的起源有种种说法，其一说是用来试武士等年轻人的胆量，胆大包天或胆小如鼠。实际上能否让人听得毛骨悚然，也得看主讲的口才。为什么叫百物语，怎么个开法呢？

1666年刊行的《伽婢子》（“伽婢子”的词义是驱鬼护身的布娃娃）说到百物语：古来讲鬼故事，讲到满100个，鬼就出现了。明治文豪森鸥外写过一个短篇小说《百物语》，言道：“听说百物语就是很多人聚集，竖100根蜡烛，一人讲一个鬼故事就灭掉一根蜡烛。”可一屋子人，再竖起蜡烛上百根，这说法令人起疑。果不其然，杉浦日向子做了一番考证，写在了《怪谈》这篇随笔里：“在装满油的碟子里放上100根灯芯，呈放射状，罩上灯罩，把100根灯芯全部点燃。”讲一个故事拔去一根灯芯，当第100根灯芯熄灭时鬼就在黑暗中出来了。

有画为证。河锅晓斋画的“百鬼画谈”（1889年刊行）起首是百物语的场景，只见一烛高檠，一人像公鸭一样张大了嘴，比比画画，周围老少男女做惊恐状，又一人爬去拔油灯的灯芯，看来到蜡炬成灰，灯芯也拔得所剩无几。不过，这卷画的结尾是红日高照，鬼们作鸟兽散。

画百鬼容易，画一人难。日本自古有画鬼的传统，漫画也算是画鬼起家。最古老的漫画《鸟兽人物戏画》用拟人化手法画兔、蛙、猴嬉戏，已经是动物成精的意思。12世纪的《饿鬼草纸》用平安时代末叶的六道轮回思想画饿鬼惨状。京都真珠庵所藏《百鬼夜行绘卷》是室町时代的16世纪制作的，各种家伙什儿成精作怪，缕缕行行。喜多川歌麿的师傅鸟山石燕1776年刊行的《画图百鬼夜行》，墨色，说明寥寥。这类妖怪图鉴不大有故事性。大阪浮世绘师竹原春泉1841年刊行的《绘本百物语》，套色印刷，有桃花山人撰写的详细解说，以致通称为“桃花山人夜话”，图文并茂，但不知先有文后配图，还是先有图后配文。杉浦日向子继承了这个流脉，且图与文都出自她一人之手。

浮世绘大师葛饰北斋画过“百物语”，惜乎仅五幅传世。漫画家杉浦日向子的《百物语》在杂志《小说新潮》上自1986年连载八年。她也是江户社会和江户文化的研究家，读一册江户年间的通俗读物需要一个月，为把时间用在这上面，只好放弃画漫画，所以《百物语》是日向子最后的漫画作品。能够刊登在文学杂志上，不消说，这个漫画作品具有文学性，或许译作“连环画”更符合我们中国人的传统感觉。

把百物语怪谈记下来，汇编成书，滥觞于1677年刊行的《诸国百物语》。一犬吠影，百犬吠声，《御伽百物语》《太平百物语》《新选百物语》《怪谈百物语》等纷纷上市，风潮与江户时代相始终，在日本文学史上定型为近世怪谈。日本人讲鬼故事，起初讲的是一些从中国舶来的东山狼、狐狸精。京都本性寺住持浅井了意将明人瞿佑的《剪灯新话》、李昌祺的《剪灯余话》改编成《伽婢子》，是为中国志怪系统怪谈的嚆矢，对后世影响甚巨。而百物语怪谈可算是“国货”。除了《诸国百物语》，以及近代汇编的《古今实说幽灵一百题》和《古今怪异百物语》，其他辑录没有收足100个故事的。毕竟都怕鬼，百物语讲到99个就收场，亮着一根灯芯，不许鬼出来，人们去梦里自编第100个故事。杉浦日向子的百物语怪谈多数从江户时代的怪谈随笔中选材改编，也是99为止。看画读文字，日向子的《百物语》似倒行逆施，固然有点害怕，却也有点笑人，仿佛听完一段便点亮一根灯芯，最后心里亮堂堂。

1927年，创办《文艺春秋》杂志的文坛大老菊池宽召集柳田国男、芥川龙之介等人开座谈会，柳田主谈，悠然道：“近来东京的怪谈是仅仅100年以来的发明，和以前怪谈的类型不同。怪谈这东西不是逐步发展，而是好像有时代的地层，划段落地变化。就是说，好像怪谈的天才不出来，怪谈就一点也不会渐渐地惊人。”杉浦日向子是制造当代怪谈热的天才之一。莫非受柳田这番话启发，东雅夫写了一本《为什么怪谈每百年流行一回》，说妖魔鬼怪横行，其实这种现象不仅是平成的现代，战前、更往前的江户时代也有过，每隔100年便出现非常相似的时代，可真是奇妙。

上一波怪谈热是明治30年代到大正时代的十几年间，大约1897年至1912年。作家写，画家画，艺人演，而且当作了一门学问悉心研究，成果有柳田国男的《远野物语》，井上圆了的《妖怪学讲义》等著作。据说柳田国男写《远野物语》是受了怪谈热的刺激，与其说是民间传说集或者民俗学的书，不如说是怪谈采风录，但后来他被立为民俗学鼻祖，人们有意无意地避开怪谈之“俗”。三岛由纪夫从怪奇幻想文学的角度赞赏过《远野物语》，或许问题在于民俗“传说”与文学“怪谈”的归属。更早些的有小泉八云的《怪谈》，几乎成为怪谈代名词。此外还有泉镜花的《怪谈会》、内田百闲的《冥途》，以及冈本绮堂的《青蛙堂鬼谈》等，文化人谈鬼说怪，一时间蔚为大观。

关于怪谈与文学，三岛由纪夫在评论内田百闲的文学时这样说过：“英国诗人阿瑟·西蒙斯说：‘文学里最容易的技术是让读者流泪，和引起猥亵感。’把这句话和佐藤春夫的‘文学的精粹在于怪谈’之说对照，就明白百闲的文学质量什么样了。即，百闲的文学不让人流泪，不引起猥亵感，而是暗示人生最深处的真实，另一方面鬼气的表现很高超。这意味着当代头一号反骨文学家全部摒弃了文学的捷径，求取最难事，而且成功了。”

再上一波怪谈热是在德川幕府第十一代将军的治世，19世纪初叶的20多年。怪谈读本有山东京传的《樱姬全传曙草纸》、曲亭马琴的《南总里见八犬传》、鹤屋南北的《东海道四谷怪谈》，而上田秋成的《雨月物语》被誉为“整个日本文学史上最优秀的怪异小说”。

讲鬼故事需要黑暗或背静的配合，谷崎润一郎从荫翳看出美，但通常人们只觉得鬼影幢幢。恐怖的快感造成暂时的忘我，使人从日常中解放，几乎是其他娱乐难以取代的。

向田她家

高岛俊男写过《李白与杜甫》《水浒传与日本人》，这不奇怪，因为大学读的是经济，但读研转到中国文学，研究唐诗、《水浒传》什么的；写过《喜欢书，更喜欢说坏话》，大概也符合他长年在野的孤傲性格；写过一系列《您的说法……》，讲解词语的来源及用法，这是其随笔的精彩所在，我最爱读了。还写了一本《童话诞生》，“追寻向田邦子”（此书的副题），让我不由得友邦惊诧。向田邦子写电视剧脚本有大名，可在我的想象里高岛俊男那样的人应该是不看电视的。果然，翻阅一过，他几乎只是谈向田邦子的文章——随笔以及小说。

高岛说：“向田邦子的文章是男人的文章。一个个句子很短，干脆利落。说完了不留余韵。没有余音袅袅啦，情绪缠绵啦，有意识地摒弃这种腔调。故而称之为男人的文章。”中国也翻译了向田邦子的书，例如《父亲的道歉信》，不知读来有没有这种感觉。

用随笔家、编辑家山本夏彦的说法，“向田邦子突然出现就几乎是名人”。这个突然出现就是她在《银座百点》上写随笔连载。人到中年，写起了自己的事情。银座是东京的繁华去处，如今满大街走着中国游客，大包小裹，高谈阔论，若犹有余兴，不妨随手在哪个商店拿一册《银座百点》。这是银座的商店行会“银座百店会”制作的宣传杂志，始于1955年，月刊，内容基本是广告，听说现在由四位女性打理。1976年，向田邦子应约给它写随笔，回忆小时候的吃食。原定写6回，但获得好评，那就继续写下去，总计24回。被叫好的不是各种吃食，而是衬托吃的家里人，特别是父亲。

向田家那样的父亲是日本直到向美军投降都家家可见的“大黑柱”(顶梁柱)，养家糊口，说一句“告诉你爸哟”就足以把孩子吓住。这么普普通通讨生活的父亲不可能登上日本文学的舞台。向田邦子写的是吃，作为陪衬人物不需要父亲多么不一般，但三四十年过去，那种父亲形象在日常中几乎不见了。和向田同代的读者觉得她笔下的父亲才真是自己当年的父亲，回忆总是美好的，亲切感油然而生，文学也变得美好。于是，向田邦子笔下的主题逐渐转向了昭和10年代(1935～1944)以父亲为中心的家庭故事。出版单行本时乾坤大挪移，连载第17回的《冬天的玄关》改题《父亲的道歉信》放到首篇，并作为书名；连载第1回《我人生的“炸鱼肉饼”》，标题是模仿电影《我青春的玛丽安妮》，改为《炸鱼肉饼》挪到倒数第二篇；连载第2回的标题《东山三十六峰静静吃的咖喱饭》是模仿无声电影解说员的腔调“东山三十六峰静静睡的丑三时”，改为《昔日咖喱》；连载第3回《零食交响乐》乃模仿莫扎特的《玩具交响乐》，改为《零食时间》……篇名从简，统统往后搬，给父亲当陪衬与余韵，面貌一新。《父亲的道歉信》把40年前的工薪族家庭变成了童话。

向田邦子的随笔大致是她的自传。《父亲的道歉信》骨架真实，血肉则是她凭才气创作的，读来很有趣。她记忆力极好，清楚地记得小时候家里的东西和事情，并且准确地描画了出来。高岛俊男却喝破，向田邦子不知道作为背景的当时的日本社会和她自己家在那个社会中的位置，小时候固然不知道，长大以后也不知道。战前日本的工薪族是社会精英，而战败后凡是在公司上班的人都成了工薪族。向田以为自己小时候的家庭是工薪族，所以和战败后遍布全日本的最普通的工薪族家庭是一回事。这“鸭头”不是那“丫头”，都叫工薪族，但社会地位不一样，向田邦子把她家当作极普通的庶民家庭了。经过复兴与发展，日本人的生活水准大大地提高，平均起来比昭和10年代向田家那样的富裕阶层高得多，但读者不是把向田家和当时平均的东京家庭比较，而是和现在的自家比较，认为与向田家同一水平而同感，从而产生了向田误解和读者误解的幸福的共振。

《父亲的道歉信》出版之后，向田邦子给有名的《周刊文春》杂志写随笔连载，这些随笔更像是小说。两年后，“随笔不能写的写小说”，创作了第一个短篇小说《苹果皮》。她喜欢夏目漱石。漱石一直执拗地写原因不明的悔恨。当然不明是对于读者而言，却只怕作家本人也未必十分明了。向田的悔恨是什么呢？是没有结婚？还是没有家庭？高岛俊男写道：“我读向田邦子写的书，感到她常觉得自己是失败者。而且，好像被一有机会就纠缠上来的失败感折磨，可能的话，想早点儿死。”这样的想死，日语叫“希死念虑”——没有具体的理由，蓦然想死。

向田邦子死后，电视剧脚本文库版出版了很多，高岛觉得怪，莫非因为她那么死的吗？把她留下的随笔、小说全都划拉到一块儿也没有多少。本来电视剧脚本好似盖房子的图纸，房子盖起来就没用了，电视剧拍完，大概导演和演员就都把脚本丢掉。要是她搭乘的台湾飞机没发生凌空解体，平安地回到日本，继续写随笔和小说——获得了大众文学的直木奖，也需要继续写，就不会把电视剧脚本搬弄出来吧。完全是她写的吗？还是被人改写成小说似的东西当作她的作品卖？同样是《如同阿修罗》，新潮文库与文春文库的内容有所不同。向田邦子的本业是电视剧脚本，而且有大名，随笔和小说是业余。高岛为了写书只好向朋友借来两个邦子剧的录像看，也评说了几句，算不上好话。

高岛俊男写《童话诞生》时已经60多岁了，据说为侍奉寡母而终身未娶。他说，实际上有点不知道是写向田邦子呢，还是写他自己。

邦子的名字

向田邦子虽然获得直木奖，但在世上出名的并不是小说，而是电视剧。她写电视剧脚本有大名，好像不少中国人也耳熟能详。1980年，和志茂田景树同时获奖。有人曾抱怨，若不是评委山口瞳死乞白赖地推举，向田就得不上奖，得不上奖就不会第二年去台湾拍写真集，不去台湾也就不会遇上空难。

据说英国名优、名导劳伦斯·奥利弗说过：“舞台是演员的，电影是导演的，而电视剧是脚本家的。”

向田邦子写过这样一件事：她给周刊杂志写随笔，写到了布施的事，想起有一个导演姓布施，便给他打电话——他正在拍摄向田编的节目。问布施这个姓的由来，和广结善缘的布施有什么关系吗？答曰不知道。向田勃然大怒：你没问过父母或者调查一下自己的姓吗！？对方赶紧道歉，说自己疏忽了。放下电话，向田回过味儿来，写道：“恼怒的我也从未调查过向田这个姓的由来，没问过父母。犹如生来就密切接触的空气，没有特别注意过。”她躬身自问，却毫无对导演抱歉的意思，看来电视剧脚本家确乎比电视剧导演高一头。试想电影导演黑泽明正在拍戏，写剧本的人打来电话问这么无聊的事，不被他大骂才怪呢。

向田邦子不喜欢自己的名字，经常说：向田这个姓，邦子这个名，笔画少，好像拉窗上糊的纸剥落了，只剩下框架，真叫人讨厌。写电视剧脚本之前，20多岁的向田给电影杂志写杂文，笔名叫“矢田陽子”——日本的“陽”字未简化，比“邦”字的笔画多了不少，但“矢”比“向”少了一笔。可也有人说，邦子这个名跟向田这个姓很搭配，但不适于其他的姓，日本女人嫁了人要改姓，所以年纪大了就会有烦恼。或许向田写不下去的时候就在稿子上写出很多的姓跟自己的名配来配去。不过，飞机失事时她51岁，一辈子未嫁。邦子有两个妹妹，一个叫迪子，她觉得还可以，另一个叫和子，她认为父母偷工减料，给女儿起了这么俗的名。1926年改元昭和以后，女孩儿都叫起了和子或昭子，哪个班里都有三两个。我觉得向田这个姓不错，看着很通风透亮，而邦子，用中文念，总想到河北梆子。

电影是写真之子，写真动起来就是电影，而电视剧是广播剧之子，先有声，再加图，长成电视剧。电视剧半天不出声，你会以为电视坏了呢。所以，会话，也就是脚本，对于电视剧极为重要。写脚本时台词的头上必须写明谁说这话，主要人物喋喋几十上百句很正常，如果把人物叫森繁、馨什么的，一遍又一遍地写，直写得手腕生疼。向田邦子给人物起名尽可能简单，例如《如同阿修罗》里的四姐妹，名字是“綱子”“真纪子”“多喜子”“早季子”，但这是译成了中文，其实除了“子”字，其余她都是用假名。此外，“艶子”“富子”也如此。改编“小说魔术师”久生十兰的作品《颚十郎捕物账》，主人公的这个“颚”字可把向田邦子给烦坏了。

渡边淳一文学馆

北海道的首府札幌有一座渡边淳一文学馆，是安藤忠雄的设计，1998年开馆。渡边曾写道，建立文学馆是他在银座酒吧认识的大王制纸会长井川高雄撺掇的。2014年渡边去世，两年后文学馆卖给了中国的青岛出版集团。看来我们不仅在他活着的时候捧他为大师，死后也比他的祖国乃至故乡更爱他。

我们的渡边淳一是情爱大师，日本则称渡边文学为“新情痴文学”。以前在长春编辑一本叫《日本文学》的杂志，1984年给渡边淳一做过专辑，刊登了小说《光和影》，由中国作家协会陈喜儒翻译。后来书商崛起，辽宁某出版社翻译了渡边的《化身》等长篇小说，赶上反自由化，化作了纸浆。再后来香港一家出版社与内地出版社联手，渡边淳一二进宫，终于成气候。

他是地道的北海道人，叫做“道产子”。北海道基本是近代以来开发的，传统与因袭比较少。渡边的父母都从事教育工作。母亲说：“喜欢什么都可以尽情地干，但是要自己负责。”上中学时，淳一遇到一位好语文老师，教学生作文不要装，不要怕羞。若没有这位老师，淳一不会爱上文学。同班女生加清纯子有绘画天才，多次获奖，被一些老师娇惯。她不守纪律，淳一担任班干部，起初对她并无好感。但纯子突然夹纸条，硬要给他过十七岁的生日，从此两人好起来。淳一跟她第一次进了当时属于文化大叔们的咖啡馆，第一次喝威士忌，抽烟，接吻，既有窥见大人世界的喜悦，又为超出高中生底线的堕落而不安。天才是社会的宠物，纯子不过一少女，却早早厮混在老男人的圈子里。对于她来说，同龄男人太幼稚，勾引淳一是想要毁掉这种好学生。她有点倦怠，有点玩世不恭，教会了淳一艺术世界里平凡的常识性东西毫无价值。当淳一专心准备考大学时，纯子在所有跟她有关系的男人家门口放了一朵康乃馨，然后乘火车去了阿寒湖。三个月后冰雪消融，人们在针叶林边发现了她的尸体。淳一考上了札幌医科大学，某日下课后被内科学教授叫了去，告诉淳一，他也和纯子有交往。教授把纯子送给他的自画像转送给了淳一，就展示在文学馆里。馆内还展示着纯子写给淳一的情诗。实物证明着初恋的真实，但渡边常谈他高二时和纯子不满一年的相恋，往事不仅没有随时间风化，反而越讲越清晰，简直像炫耀，令人怀疑是不是他写了小说《死在阿寒》之后生成的假象。

渡边作品有三类：医学、传记和男女之事。俗不可耐地叫做“男女之事”，因为他认为所谓恋爱小说是年轻人的甜美故事，以精神为中心，而他要写性爱，更大人的东西。对于小说家来说，写男女也不无难处，那就是会伤到自己。妻子读了怎么办？父母、孩子、邻居读了怎么办？渡边说，不跨越多虑不安就什么也干不了，没有抛开周围束缚的气概就写不来。他把女人带回他妈家，过两个月又换了一个带回来，母亲照样招待，女人却不好意思，他妈说：上次那个女的吃得很多呀。她教子：“你的乱搞治不了，因为不是病。”

大概妻子对渡边是嫁狗随狗，不离不弃，当婆婆的只好不断替儿子道歉。

写男女之事，第一部作品是《一片雪花》。渡边当过十年外科医生，认为肉体的状态无限地改变精神，而精神改变肉体少之又少。小说畅销，搞这种华丽婚外恋的人被叫做“一片族”。写到《失乐园》达到了巅峰，爱的极致唯有死。小说家常常用随笔来挑明真相或阐释思想，他写道：男女之事这种类型小说若没有实在的男女模特就写不来，谷崎润一郎、川端康成、吉行淳之介皆然。大概女模特不断更新，而男模特始终是渡边本人。他不写自传，说是都写成小说了。《失乐园》也是他的艳遇，女方乃有夫之妇，37岁，丈夫是医生（渡边也说过是税理士，大概不曾在意过）。作家水上勉评价它“继承了贯穿于谷崎润一郎文学的极尽男女之间性爱描写的方法，创造了近松门左卫门的私奔现代版”。

2003年，70岁的渡边淳一荣获紫绶褒章。当时的总理大臣是小泉纯一郎。证书有曰：“多年来作为小说家精进，发表了很多优秀的作品，为斯界之发展做出贡献，业绩卓著。”老渡边却大为惊讶，一向主要写男女之事，反公序良俗的小说也不少，竟然也入了“正人君子”之列。他认定，要写出人的真正姿态，就只能这么写。他的全部作品统一于对“人”的探求。

渡边淳一写稿用铅笔，随着年岁由2B到4B逐渐变软。73岁写完《爱的流放地》时发觉自己性无能了，伟哥也不起作用，后来干脆在电视节目中昭告天下，还把阳痿的体验与思考写成了《再爱一回》，意图从根子上颠覆日本人关于老的固定观念。这是他最后的小说，2012年同时在19种报纸上连载，因为性描写过分，被16种报纸腰斩。也有人指责他用文学包装兜售黄色小说。渡边文学的话题常是性描写，那么，与肉欲的黄色小说（日本叫“官能小说”）有什么不同呢？或许首先在于出发点。渡边就《再爱一回》事件辩白：“我想给实际上骚乱而无聊的社会投一石，积极地把握老的问题，充当建构多彩而丰富的人际关系的起爆剂。要写成一部以往没有的、尖锐地追究人生与性的深远的作品。”而黄色小说是泄欲起爆剂。从黄色小说来看，渡边的露骨描写如同儿戏。以永井荷风为例，他的《墨东绮谈》读来感人，而《四叠半纸隔扇的衬纸》的动机是刺激淫欲，对此小说家吉行淳之介说，打算写黄色小说，结果比黄色小说写得好，就变成了艺术的东西。

2015年，集英社创办了渡边淳一文学奖，表彰超越纯文学与大众文学界限、深深切近人的心理、具有丰润故事性的小说。

大谷崎的大

谷崎润一郎生于1886年，这一年中央公论社创业，2015年纪念他诞辰130周年，并庆贺建社130周年（1999年，中央公论社被读卖新闻社收购，改称中央公论新社），自5月陆续出版《谷崎润一郎全集》。这是该社第四次出版谷崎全集。一月一卷，历时两年，2017年6月出齐，总计26卷。最后两卷收录了长达30年的创作笔记、1958年至1963年的晚年日记等未发表过的资料，作品比上世纪80年代初出版的谷崎全集增收150多篇。

“全集”是日本出版的一个品种，集而不全。用三岛由纪夫的话说：“全集之类不齐全才有味，这种徒然草的思想现在还活着，日本人奇怪地珍重零零碎碎的东西。”全集有助研究，却未必适于一般阅读。个人全集顺年代编，能梳理作家的创作背景和风格演变，纵观成就；分类通常按体裁，小说、随笔、日记什么的，倘若以内容归类那就难了。尤其是随笔，甚至以东拉西扯为能事，不易定于一尊。作家、编辑家止庵曾批评《周作人文类编》：“这种编法未必可行。因为每一类别背后都是一门学问，须得深入理解，才能将一篇文章置于合适位置；作者写文章又往往是打通了的，很难归在某一类里；

至于查找不易，尚属次要。”随手翻阅，例如《夜读的境界》卷所收为“生活·写作·语文”，但其中的《茶之书》《老年》等篇似收入《日本管窥》卷更合适。虽然《老年》当中有少半抄中国文章，但那是要说“中国文人中想找这样的人属不易得”，而这样的人是兼好法师和芭蕉，整个是管窥日本。

日本还爱搞日本文学全集乃至世界文学大系什么的，颇有点梁山好汉排座次的意思。中央公论社建社80周年时计划出版《日本的文学》80卷，编委们提议给谷崎编三卷，他说“夏目漱石也三卷的话”，于是这两位是三卷，森鸥外、永井荷风等人各两卷。也要给川端康成来两卷，他固辞，结果就一卷。

三岛由纪夫把谷崎润一郎出道到去世的这段岁月称作“谷崎朝代”，但当代评论家小谷野敦对谷崎的作品并不是全面地予以高度评价，认为他未能像莎士比亚或巴尔扎克那样广阔地描写人间。谷崎一生很坎坷。他情痴、恶魔、唯美，没有夏目漱石或志贺直哉那般的道德高度。初期抵抗自然主义，中年时期受普罗派攻击，让妻事件、与有夫之妇私通而备受社会非难；生活总算安定了，战争期间又遭到军政府镇压，但他强项不屈，埋头写长篇小说《细雪》；战败后被当作猥亵文学家批判，但相信自己，有时用一些巧妙得可怕的策略，始终作为一线作家活过来。传闻东京大学教授不愿让学生读谷崎的作品。

小谷野敦读书多，八卦也知道得多。十年前写过一本《谷崎润一郎传》，说：很多的传记研究都是为理解作品、文学，而他要写一个碰巧当作家的饶有趣味的人物。试图研究人，有时就显得很八卦，但八卦是文艺的源泉之一。日本最伟大的文学作品《源氏物语》就是宫廷八卦的文艺化。

关于谷崎的八卦之一是“大谷崎”这个称呼。

日本的汉字大都至少有两个读音，例如山，一个音读，读san，一个训读，读yama。若只有一种读法，这东西十有八九是日本原来没有的，例如马、茶，都是从中国传入。中国普通话里“大”永远读大，大谷崎是伟大的谷崎，还是谷崎家老大，暧昧不辨。三岛由纪夫写道：“读大谷崎（按：排行老大）是轻薄的读法。和大近松同样，要读大谷崎（按：伟大）。‘谷崎’这字面也好，语感也好，当初起名就为了加一个‘大’字似的。谷崎有一流趣味，本人曾说过，从年轻时起就只给中央公论社写。风闻他近年也是请一流国手的主治医生。吃食、点心，好像日常生活如今还全都坚持一流趣味。”凡事唱反调，于是就有了与众不同的主张的小谷野敦主张：润一郎是大谷崎，他弟弟是小谷崎。评论家丸谷才一则两可：“他被尊敬为大谷崎，也因为作风华丽、生活豪奢，但不仅于此，也有单纯区别谷崎的用意。他的弟弟谷崎精二是早稻田大学教授、英文学家，也写小说。”我觉得文学地位抑或社会名气，精二哪里能跟太郎论大小。

1958年某日，谷崎挥毫写字，右手发麻，日益严重，遂改用口授的方式写作。找来伊吹和子，得心应手，中央公论社还特地录用她为社员。后来三岛由纪夫对伊吹说：你怎么不写写谷崎呢？伊吹为难：写什么呀？三岛说：啥都写，他的吃喝拉撒睡。早上起来说早上好，晚上盖被睡觉，这么有意思的事知道吧？谷崎死后30年，伊吹写了《谷崎润一郎最后十二年》。

谷崎口授了《梦浮桥》，发表在《中央公论》杂志上，被评论家臼井吉见痛批，向来不在意批评的谷崎也觉得口授终不如亲自执笔。《疯癫老人日记》也是口述的，小说中老爷子的疯癫愿望就是用儿媳飒子的脚印做佛足石，死了压在这石头下面，小说发表后，谷崎真的让飒子的原型渡边千万子（谷崎第三任妻子松子和前夫之子的媳妇）拓下脚印，把艺术落实到了人生中。不过，千万子和尼姑作家对谈，说谷崎骗她，说是给她做皮鞋。

1965年7月30日，谷崎病故，享年79岁。

谷崎和鲍以及周

距今62年前的1957年，谷崎润一郎还活得好好的，中央公论社出版了《谷崎润一郎全集》30卷——活着出全集，这是日本出版的一大特色。谷崎于1965年病故，翌年中央公论社出版了《谷崎润一郎全集》28卷；1981年重编改版，增补了两卷《书简》，又成30卷。中央公论社经营不善，被读卖新闻社收购，改名中央公论新社，2015年纪念谷崎逝世50年，第三回出版《谷崎润一郎全集》，虽然打上了“决定版”标签，却去掉了书简等，瘦身为26卷——全集不全，乃是日本出版的另一特色。

谷崎很喜欢写信，给他的“创作源泉”第三任妻子松子的，给松子前夫之子的媳妇渡边千万子的，给出版社社长的，就有上千封。谷崎把老婆转让给了同为作家的佐藤春夫，女儿鲇子也随娘去也，不久前发现了谷崎写给爱女的225封信。闲来比较几套全集编纂的异同，顺便翻了翻书简，想起尝听说周作人和谷崎润一郎的交往，便查找他俩的通信，结果一封也没有。1954年11月，谷崎曾写道：“周作人先生和钱稻孙先生战争期间来日本时见过两三回，算不上亲密。他们属于汪兆铭一方，日本战败后陷入了怎样的命运，虽然事不关己，却也惦念。……中国人如此通晓日本文学的人不多，钱、周二人要是有个万一，我们不用说，对于中国也会是难以弥补的损失。战争过后曾听说二人被人在脊背上大写‘汉奸’二字游街，我甚为忧心。”算不上亲密，那种平和而诚恳的关心令人感动。我尤其敬佩谷崎润一郎对于中国的态度从不随时局而变，始终如一。

周作人致信鲍耀明，写道：“得卅一日手书诵悉，知谷崎君忽归道山，不胜悼惜。我对于明治时代文学者佩服夏目与森鸥外，大正以外则有谷崎君与永井荷风，今已全变为古人了，至于现代文学因为看不到，所以不知道，其实恐怕看了也不懂得也。谷崎君年纪原来还比我小，这更使我出惊的事了。”周作人比谷崎大一岁，生于1885年。不清楚年龄，可见算不上亲密。大概周作人也忘了以前他撰文还说过谷崎比永井荷风小7岁。

1906年，周作人赴日本留学，那时谷崎润一郎刚考上一高（第一高等学校，学制三年，住校，毕业后多数上东京帝国大学），校长是撰写《武士道》名扬天下的新渡户稻造。鲁迅和周作人翻译《现代日本小说集》时没有选谷崎的作品，那时候他们看重的是明治文学第一代，如森鸥外、夏目漱石，最晚到第二代的永井荷风。差不多同时，周作人和谷崎润一郎都受到欧洲19世纪末霭理士等人的性心理学之类新知识的影响，谷崎将其与江户时代以来的颓废性庶民文化相结合，创作了《刺青》《痴人之爱》等异常心理的性爱故事，而周作人是理性的，借重霭理士的“广阔的心与致密的脑”批判儒教道德的伪善性，否定传统女性观。

谷崎润一郎的小说与随笔几乎判若两人；这一点，村上春树有些相似。周作人在《日本近三十年小说之发达》一文中有言：“谷崎润一郎是东京大学出身，也同永井荷风一派，更带点颓废派气息。《刺青》《恶魔》等都是名篇，可以看出他的特色。”这番话完全是文学史式评价，无关乎个人好恶取向。周作人也写到谷崎的小说《武州公秘话》，说：“谷崎的意思是在写武州公的性的他虐狂，这里只是说他那变态的起源，但是我看了却是觉得另外有意思，因为我所注意的是装饰首级中的文化。”原来周作人把小说当随笔读，从中看出了“武士之情”，即国民文化之一部分表现。他爱读谷崎随笔，说：“关于文章我们外国人不好多嘴，在思想上总是有一种超俗的地方，这是我最为可喜的。”周作人从未沉溺于谷崎那种“颓废气息”，他固然认为永井、谷崎的文章与思想“都极好”，却终归把他们当作异国的同代作家，未必像后世研究者那样高看“外国的”一眼。

又因了周作人的关系也查了一下鲍耀明。自1955年3月2日至1965年6月12日，谷崎润一郎给鲍耀明写了33封信，有些是秘书伊吹和子代笔。她在回忆录《谷崎润一郎最后十二年》中说她问过鲍，鲍说因父亲在横滨的英国贸易公司任职，他出生在横滨，中学时爆发战争，举家迁回香港，二次大战后和当地文化人交往，结识了周作人，后作为香港工商日报特派员来日本，拿着周作人的介绍信采访了谷崎润一郎。上网看到鲍耀明撰写的《周作人、谷崎润一郎与我》，原载于2010年第九期《鲁迅研究月刊》，好像挺学术的。文中写道：“谷崎与我的关系，乃始于战后我任香港报社驻日特派员时代。我受报社委托翻译他的一篇叫《卍》的小说，并代表报社与出版该小说的日本中央公论社交涉，由该社社长岛中鹏二斡旋。”谷崎跟鲍第一次通信是他人代笔的明信片，写道：“见面也可以，但是请大体告知何事。打电话最方便，电话尽可能午前。”4月1日的信函接着说“金额十万元也，考虑将来对其他作家也会有影响，岛中社长决定了，所以不能以我个人的想法改变”。看来确是为翻译而联络，伊吹和子的周作人引荐之说不对头，或许鲍耀明见她时只是随口一说。

1960年1月20日，鲍耀明来信，说在北京见到了周作人，偶然谈及谷崎及日本文坛，周作人即兴挥毫，写了两首旧作，托他转呈，以纪念故人。上款为“谷崎先生大雅之属”，两首诗是民国二十七年（1928）所作，先是：粥饭钟鱼非本色，劈柴挑担亦随缘，有时掷钵飞空去，东郭门头看月圆；后是：禹迹寺前春草生，沈园遗迹欠分明，偶然拄杖桥头望，流水斜阳太有情。谷崎等人不辨字迹，“去”误作“谷”，“沈园”误作“沈周”，以为是明代画家沈周，即“吴门四家”之一，于是推想诗是在苏州作的吧。“粥饭”也让谷崎犯难，到底粥和饭？还是粥的饭？写信向友人求教：“诸桥的《大汉和辞典》里‘粥饭’是‘粥和饭’，但或许是‘粥的饭’吧。因为说起这种事，我想起以前旅行南方时在江苏、浙江一带有叫‘xi fan’的东西。有很像日本乌龙面店的店，在那里吃了这种叫xi fan的东西，和日本的粥一样，热的，很好吃，我还记得常去吃。正确的音不知怎么说，那地方的音发音xi fan。”

谷崎一辈子出过两次国，一次是去中国，另一次还是去中国。第一次是周作人最初翻译日本小说《小小的一个人》（江马修著）的1918年，由北往南，两个月走了很多地方，仿佛看见了一个古代的中国，充满“支那趣味”。1926年第二次去，只在上海逗留一个多月，几乎是文学之旅，被田汉、郭沫若、欧阳予倩等中国作家盛情接待喝到吐，也了解到了中国社会苦于殖民地化的现实。回国后不再写“支那趣味”，代之以大写日本的东方风情。

1月26日，由伊吹代笔回信，大意是跟周作人久疏音问，收到他的诗更其怀念。想直接给他写信致谢，但不知道住址，请鲍耀明示知，并请他转致问候。当时谷崎在热海养病，立刻从京都叫来装裱店佐佐木墨彩堂（今犹存）的店主，装裱周作人的诗。后来谷崎给周作人写了信，但泥牛入海。

1960年3月1日，谷崎发病，7日给鲍耀明写信，说中国人把玩核桃，预防高血压，他也想试试，但日本核桃小，没有用，请鲍馈赠中国核桃。不到一个月，鲍寄来三四十个云南产核桃，个头儿赶上高尔夫球。谷崎拿起两个把弄，忽而想：这么多，正可分送给住院的摄影家土门拳等人。土门拳大为感激，写信说：日本核桃不好使，所以他一直用网球的软球，得到这么“怪奇巨大”的中国核桃，要永远珍爱。谷崎从早到晚用一只手转弄两个核桃，咔咔作响，在响声中口述《疯癫老人日记》，把护士的记录也写了进去。这时外务省来电话，告知谷崎润一郎入围了诺贝尔文学奖。

鲍耀明又来信，说周作人老了，突然思念日本友人，日本味也久违，尤其怀念盐烤饼、七福神酱菜，但香港买不到盐烤饼，所以请谷崎从东京惠寄。正好1960年7月日中文化交流协会的中岛见藏会长访问北京，谷崎作为该协会顾问托他捎上给田汉的信和近照、给钱稻孙的书、给周作人的盐烤饼。钱稻孙寄信感谢，周作人则是托鲍耀明转致谢意，附有手书复印件，钤“知堂问计”。

鲍耀明在《周作人、谷崎润一郎与我》中写道：“谷崎想得到一方铜印，老人（按，知堂老人）在市面找不到适合货色，甚至不惜将自己一颗爱用的刻着‘浴禅堂’三字的小铜章，磨去文字，托篆刻家金禹民（号彝斋）奏刀，改刻为谷崎的名章。”大概此事可以和1961年12月6日谷崎函对号，有云：“手示拜悉。那真是遗憾，北京的铜印之事就算了。但如今日本没有优秀的铁笔家，所以不是铜的也可以。台湾有没有铁笔家？我寄去印材也可以，如何？”似乎鲍耀明不明白“铁笔家”为何物，12月19日谷崎复信：“所谓铁笔家，指篆刻家。铁笔这个词我以为从中国传来，中国人不知道，颇感意外。不是铜的，石材也可以，想请台湾人刻。日本现在没有好的篆刻家，叫人为难。”鲍耀明给谷崎寄来了寿山石的印章，可能和香奈儿香水包在一起，谷崎起初没发现，后来惊见，12月31日致信：“寿山石过去也舶来日本，但没见过如此漂亮的石头。‘谷崎润一郎’几个字也好看。”

鲍耀明写道：“谷崎晚年自称疯癫老人，并有小说《疯癫老人日记》问世，该书的版印（贴书内封底的版税印）拟用‘疯癫’两字，托我去信就商老人。”大概相应的是谷崎1962年7月6日写的信，如下：“想请你那边哪位合适的篆刻家用白文雕‘疯癫老人日记’的‘疯癫’二字，拜托。估计印材也你那边有合适的东西，所以请你选择就行。印材及篆刻家的酬谢请告知，万勿客气。”其实，四天前谷崎觉得“疯癫”二字的字面也有意思，先托了铃木信太郎治印，“疯癫”或者“疯癫老人”，不要朱文，要白文。鲍耀明转托周作人，令谷崎惊喜。

鲍耀明先后给谷崎寄来“齐白石诗文篆刻集、荣宝斋印谱用空白册”和“作人先生的印谱集和两本空白册”，但因为忙，好像谷崎终于没给他捺印，不了了之，很有点遗憾。

鲍耀明在文中说“1970年代”他向谷崎求助，谷崎自日本托运了一批日本和服过来，使《蝴蝶夫人》在香港的演出达成使命，恐怕是“1960年代”之误，不然，谷崎已死去五年，木将拱矣。不过，卢景文导演、江华主唱的《蝴蝶夫人》确实在1977年重演。

1964年5月30日，谷崎回信感谢鲍耀明寄来“宣统皇帝自传《我的前半生》，这汉文太难读，打算慢慢读”。钱稻孙翻译近松净琉璃，写信抱怨其难，谷崎马上给他寄来有关江户时代语汇的参考书。收到回信，谷崎大惊国际航空邮简的“邮简”二字变了模样，相见不相识。

1965年6月12日，谷崎给鲍耀明发出最后一张明信片，只写了“多谢屡屡惠寄藏书印，眼下来在东京，打算月末回汤河原”。

7月30日，谷崎润一郎病故。

鲍耀明说，中央公论社为编辑谷崎润一郎全集，记录了谷崎给他的信共99封。我觉得这两卷《书简》所收的信件内容很连贯，不大像中间缺失66封。似乎鲍耀明未见过《谷崎润一郎全集》，因为书简是编年，没有他说的“‘致鲍耀明信’项下”什么的。

作家与和尚

和尚当作家，在日本不足为怪，例如玄侑宗久。

明治维新后政府要打击寺庙，独尊神道，使出一绝招，就是让和尚娶媳妇，吃肉喝酒，发型也随便。从此和尚这行当大都变成了世袭，无须“出家”。玄侑是僧家的长子，读过庆应义塾大学中国文学科，也曾自费到台湾留学，27岁进京都天龙寺专门道场修行三年，云游之后继承家业——福岛县三春町的福聚寺。三春町有一株三春泷樱，是日本三巨樱之一。每次为死人超度，玄侑都觉得像是写小说，于是年过四十终于拿起笔。日本出版社通常不接自来稿，但进来一位大和尚，编辑不由得接下了稿子。接连发表三篇作品，出道还不到一年，玄侑即打破了先获得杂志新人奖垫脚的常规，直接拿下芥川奖。玄侑的作品主题多是生与死。好像我国翻译出版了他谈禅的作品，不曾译小说，虽然用芥川奖得主打广告。

作家当和尚，也不足为怪。

例如今东光20世纪20年代曾跟着川端康成等人兴起新感觉派文学运动，后来受芥川龙之介自杀的刺激，32岁出家，法名春听。还有濑户内寂听，年轻时和丈夫的学生偷情，丢下三岁的女娃出走。

有此前科，好多寺庙都不接受她出家。51岁终于在中尊寺得春听法师剃度，法名寂听，也终于和女儿和解。她对出轨持肯定态度，经常声援偷情的男人们，年高九十多，不忌荤酒，活得很潇洒。只是粉丝净是些大妈，这让她有点不爽。

这位尼僧作家和几个人对谈，结集为《濑户内寂听和男人们》，对手之一是连城三纪彦。他是写推理小说起家，转而写爱情小说，刚刚以短篇《情书》获得直木奖。他善于用推理的笔致描写恋爱心理，拨开美丽的层层外表，露出人深藏在内心的丑陋。寂听说：你写的那种无偿的爱，无私奉献，不是人的爱，那是神或佛的爱。你写的是佛教的，回归佛门吧。原来连城家在岐阜县有一座长延寺，但祖母把它丢给了别人，进城开旅馆。乃父当然也不愿回山沟里守庙。因遗产问题，连城这才听母亲述说了家史，方知身上流着和尚的血液，怪不得从小喜好念珠佛坛。或许因为寂听的开导，对谈后不久，年将不惑的连城在净土真宗的京都东本愿寺剃度，法名智顺。此前他还到大学旁听了一年佛教。可以说，他出家不是出于对佛门的憧憬，而是顺其自然。

似乎一旦为僧，就可以大谈人生。连城也不能免俗，在女性杂志上回答夫妇、婆媳关系之类的尘世问题。日本佛教中唯有净土真宗当初就允许结婚，但连城终身未娶。杂志请他来答疑解惑，只怕是因为他的爱情小说非常多女粉。且不说我佛慈悲，倒是显示了他“推理”咨询者内心的法眼。

当和尚并不影响写小说，连城三纪彦的小说大部分是出家后写的。有一本《公牛的嫩肉》，写几个落魄的男人相继拜倒在美女的黑袈裟下，她是坏女人，还是救世主呢？

邱永汉

朋友问到邱永汉。

华裔在日本当作家的，我们知道陈舜臣，似不大晓得陈舜臣之前，外国人第一个获得大众文学直木奖的是邱永汉。朋友问：邱永汉后来为什么不写小说了呢？我告之邱永汉本人的说法。这是他写在《侍日本》一书的前言里的，如下：

> 我获得直木奖的小说《香港》中没出现一个日本人。其前后写的小说，由于舞台或者是台湾，或者是大陆、东南亚的关系，也几乎没有日本人上场。尽管如此，直木奖审查委员会也接受了，所以不是不能说“文学没有国境”。可是，与获奖后稿约如潮的作家相比，我这里几乎无人光顾。让檀一雄说来，“日本人归根结底只是对日本人的事情感兴趣，所以报刊主编对你敬而远之，你只能活在纯文学的世界。”或许如他所言，那就当不成专业作家。深思熟虑得出了一个结论：为了跟日本读者有共通的接点，可以写日本人论、日本的文明批评吧。后来赚钱、中华菜肴这些越过国境的题目成为我

的领域，我本身远离了小说。

邱永汉出生在日本霸占下的台南，母亲是日本人，毕业于东京帝国大学经济系。1948年从台湾亡命香港，为战败后一片废墟的日本做起了海外代购，可能他就是这个行当的祖师爷。大发其财后从事写作，1955年以小说《香港》获得直木奖。我知道大名时，他早已被供奉为赚钱之神，但我对股票、理财、金钱学以及哲学等了无兴趣，爱读他的日本人论以及饮食随笔。

《侍日本》出版于1959年，过去一甲子，读来能感受当下我身在其间的日本半个世纪以来的变迁，别有乐趣。他还写过《狂日本》，这两本书是战败后日本论热潮的先声。竟能在日本成为财神爷，指导日本人发财，足见邱永汉对日本其国其民的了解。他自信满满，说："让我说来，日本人对美国人或欧洲人写的日本人论佩服得五体投地，但好像太不通晓日本人思考方式和实际情况的外国人的片面的、驴唇不对马嘴的日本人论过多。与之相比，还是我的文章好哟——这样自吹中国嗤之为老王卖瓜，谨慎为妙。"这话很像是针对当时红极一时的《菊与刀》，美国人写的。

其实周作人早在1928年也说过这个意思："西洋人看东洋总是有点浪漫的，他们的诋毁与赞叹都不甚可靠，这仿佛是对于一种热带植物的失望与满意，没有什么清白的理解，有名如小泉八云也还不免有点如此。"

《侍日本》中的见解非常有意思，例如："世界上有定评的东西常会是日本的东西，定评发生动摇就毫不踌躇地弃牛骑马。所以，日本人在流行界的德比马赛中总是骑第二的马，追前头的骑手。"了解日本仿佛是我们中国人的一个情结，但对于我们来说，这个世界上最难了解的民族和国家就是日本。似不妨读一读邱永汉的随笔试试。陈舜臣也写日本人论，似乎不如邱灵动。

文章好做起名难

周氏兄弟是我最爱读的。光看他们的书名，我觉得鲁迅很像标题党。你看，周作人的书名平淡无奇，什么《自己的园地》《雨天的书》，而鲁迅的书名《准风月谈》《且介亭杂文》，他不自道一番，真叫人有点摸不着头脑。

例如《马上支日记》，他写道：“前几天会见小峰，谈到自己要在半农所编的副刊上投点稿，那名目是《马上日记》。小峰怃然曰，回忆归在《旧事重提》中，目下的杂感就写进这日记里面去……政党会设支部，银行会开支店，我就不会写支日记的么？”原来如此。那么，“马上日记”又是怎么回事呢？原来鲁迅也最怕做文章，却还是有人让寄稿，“想来想去，觉得感想倒偶尔也有一点的，平时接着一懒，便搁下，忘掉了。如果马上写出，恐怕倒也是杂感一类的东西。于是乎我就决计：一想到，就马上写下来，马上寄出去”。

周作人写《我的杂学》写到“之二十”，“忽然想到，这篇文章的题目应该题作‘愚人的自白’才好，只可惜前文已经发表，来不及再改正了”。他死后编辑《周作人文类编》的人好心，不“可惜前文已经发表”，替他实现了莫须有的“忽然想”，把题目改为

“愚人的自白”，目录上便找不到“我的杂学之二十”，或以为他只写了十九。

给文章或图书起一个好题目是人之常情，而编辑为卖书，不能不在书名上绞尽脑汁——语不惊人死，不休，令我这种随心所欲起书名的人愧疚。倘若周作人活在今天，对于他的标题编辑肯定要大摇其头，改不胜改。这里也有潜规则：作者有名卖作者，把名字设计得大大的，书名惨不忍睹也无妨；如果没名气，就要靠编辑施展标题党的本事，让读者一搭眼就钟情，爱不释手。日本战败后不久，爱因斯坦的《相对论》走俏，竟然是因为人们误以为这本书讲的是男女相对。

周作人“觉得天下文章共有两种，一种是有题目的，一种是没有题目的。普通做文章大都先有意思，却没有一定的题目，等到意思写出了之后，再把全篇总结一下，将题目补上。这种文章里边似乎容易出些佳作，因为能够比较自由地发表，虽然后写题目是一件难事，有时竟比写本文还要难些。但也有时候，思想散乱不能集中，不知道写什么好，那么先定下一个题目，再做文章，也未始没有好处，不过这有点近于赋得，很有做出试帖诗来的危险罢了”。

村上春树起书名也有这两种情况，他写道：“和《挪威的森林》不同，《舞舞舞》开始写之前，先定了题目。这个题目好像记得是取自海滩男孩的曲子，但真正的出处（虽然哪个都可以）是一个叫戴尔的黑人乐队的旧曲子。”

他说，起书名有时会是个很难的事。小说《挪威的森林》当初从“雨中庭院”这个题目开始写。题目来自德彪西的钢琴曲集《版画》中的一曲《雨中庭院》。原稿要交给出版社，还拿不定题目，妻子说：用“挪威的森林”不就挺好吗？于是披头士的歌名被拿来当书名。歌名、书名之类没有著作权。

谷崎润一郎的长篇小说《细雪》很有名，起初他想名之为“三姊妹”，还想叫“三寒四温”，但主人公叫“雪子”，自然而然地想到了“细雪”这个题名，字面美，发音也美。也有人说，战败后好些人不会念“细雪”这两个字，书名就难住了读者。

作家起书名往往有自己的偏好。例如女作家水村美苗的几部小说叫《私小说》《本格小说》《新闻小说》，都是些日本文学的专有名词。所谓新闻小说，指报纸上连载的小说。夏目漱石辞去大学的教职，专门为《朝日新闻》写小说，在新闻小说史上最具代表性。小说《明暗》连载了188回，因漱石病故而未完。水村模仿漱石的文体续写了这个小说，由此出道。她的作品几乎都获了奖，但是从我家附近的图书馆借阅数据来看，读者不算多。

70后作家平野启一郎的特色是喜欢向名作的标题致敬，例如《一月物语》让人想到江户年间上田秋成的《雨月物语》。《高濑川》与森鸥外的《高濑舟》相近，《最后的变形》与卡夫卡的《变形记》相仿。

村上春树很爱用现成的歌名曲名，令人有一点搭便车的感觉。借音乐的东风也不是他的发明，田边圣子（这位女作家今年90岁了，犹笔耕不辍）有一部小说叫《感伤旅行》，获得了芥川奖，题目是多丽丝·戴1945年唱红的歌曲。

村上出版了《挪威的森林》以后，有人说Norwegian Wood不是挪威的森林，那是误译。他征询英美人，有的说那是挪威制的家具，有的说不，那是挪威的森林，莫衷一是。村上多次提及此事，终于写了一篇《只见挪威的树木，不见森林》表明见解。他认为，从歌词的脉络难以确定这个词组的意思，应该既不是挪威的森林，也不是挪威制家具，暧昧模糊的多义性给听众以不可思议的深度，否则就只见树木，不见森林。

书名若译作“挪威木材”或“挪威家具”，大煞风景，起码让人无法编一本“相约挪威的森林”。日本也有聪明人干脆用音译，写一串假名，让读者为难去。村上的书名大都缺乏明确性，甚至像是开玩笑。不过，把“围绕羊的冒险”译作《寻羊冒险记》，未免太像了《木偶历险记》《三千里寻母记》，尽管村上小说的确很有点童话的味道。“围绕什么的冒险”成为一个惯用型，村上自己就曾和川本三郎合著了一本《围绕电影的冒险》，总不好译作“寻电影冒险记”吧。

文学奖

对日本的作家和文学感兴趣，就不能不了解一下文学奖。

一说文学奖，多数日本人立马想到的是诺贝尔奖和芥川奖。报纸、杂志等近代传媒产生以后，大约和我大清打仗时，报刊上出现了“悬赏小说”。后来又产生了主办者以自己规定的标准从已经发表的作品中选取作品和作家的形式，叫“文学赏金”。赏金的作用在于从精神和经济两方面援助文学活动。文坛大佬菊池宽主张“生活第一，艺术第二”，意思是生活安定才能创作文艺，努力把文学确立为一种职业，并且在1935年，为纪念英年早逝的小说家直木三十五，还有几年前自杀的芥川龙之介，采取“文学赏金”的形式，创办了芥川奖和直木奖。这就是日本出版社系统的文学奖之始。

时至今日，不少出版社都设有各种文学奖，有的公开征集，有的从某种范围内选拔。譬如出版社文艺春秋除了主办芥川奖和直木奖，主要奖项还有公开征集的松本清张奖、万有读物新人奖、文学界新人奖，非公开征集的菊池宽奖、大宅壮一非虚构奖等。老牌文艺出版社新潮社看家的奖项有三岛由纪夫奖、山本周五郎奖、小林秀雄奖、新潮纪实奖、新潮新人奖等，以及合办的川端康成文学奖、新潮谜思底里大奖、日本医疗小说大奖等。龙头老大出版社讲谈社奖项就更多了，如野间三奖：野间文艺奖、野间文艺新人奖、野间儿童文艺奖；吉川三奖：吉川英治文学奖、吉川英治文学新人奖、吉川英治文库奖；此外有讲谈社非虚构奖、讲谈社随笔奖、讲谈社科学出版奖、江户川乱步奖、野间文艺翻译奖等。几乎可以说，文坛乃至文学史就是被出版社的这些奖项掌控着。

最值得注意的是，文学奖中多数是新人奖，这是日本出版社开发作家资源的基本手段，每年把百十来人送上文坛。想要当作家，基本靠得个奖出道。日本没有什么协会能封谁为作家，算不算作家，水平高低，大致看得过哪个奖。一旦得了奖，便师出有名。如果得的是芥川奖，那就会被视为一流作家，说不定有大学请去当教授。

当作家的路当然不只这一条，另外有同仁杂志、自费出版、网上投稿、自己找上门。同仁杂志兴始于明治时代，对近代文学的发展厥功至伟，例如文豪夏目漱石的处女作就发表在同仁杂志《杜鹃》上，大作家谷崎润一郎的处女作《刺青》则发表在同仁杂志《新思潮》上。《文学界》本来是标榜艺术至上主义的同仁杂志，因难以为继，转手给了出版社文艺春秋，以至于今。同仁杂志曾经是文学青年踏入文学圈的主要门径，但今夕何夕，人们爱说作文是孤独的，各自为战，很少搞文学结社，这条路早已荒芜。

日本的报纸、杂志和出版有一个特点，就是由编辑组稿，没有投稿或者自来稿一说。漫画通常是投稿，编辑一眼能看出好坏，取舍很方便，但小说自己抱了去游说编辑，恐怕没有人愿意接过厚厚的稿子拜读。凡事总有例外——泡沫经济崩溃后，京极夏彦办了个小公司，萧条无事，休日也没有钱旅游，于是写小说，投给最大的出版社讲谈社。编辑说你等半年吧。这编辑也好事，随手翻阅就放不下了，乃至怀疑是哪个大作家寄来搞恶作剧。两天就接到编辑回话，京极也以为拿他开心。这是出版界的佳话，不容易复制。

讲谈社倒是有一个娱乐小说的杂志叫《靡菲斯特》，每年出三期，自1999年设有“靡菲斯特奖”，不假他人之手，编辑亲自读应征作品。“读者的感动是奖金”，“只要有趣就出书”，每期获奖作多寡不一，可说是变相的投稿。

自费出版就不说了。网络上文学大门向所有人敞开，简直就没有门，更像是广场。谁都可以上场大跳其舞，也有人越跳越像那么回事，出版社乘机挑选跳得好的舞者。

起码在当下，新人奖依旧是出版社招引、提拔、扶植新作家的高招。

新人奖，新的是作家，男女老少都可以争当文学新人。也有个别奖项限定对象，例如新潮社2002年设立的“R-18文学奖”，仅限于女性，15岁的“熟女”或者80岁的“少女”均可应征。每年一回，女编辑初选，两位女作家决选。奖金30万日元，外加一个有测量脂肪功能的体重计。前10回征集“女性写的以性为主题的小说”，但社会日新月异，女性写性已不足为奇，自11回改为征集“发挥女性才有的感性的小说”。

芥川奖和直木奖起初都是新人奖。用菊池宽的话说，“扶助新作家出道”。两奖从报纸、杂志上发表的作品中擢拔，后来直木奖的评选对象变成单行本，长篇或者短篇集，奖励已经有实力的作家。芥川奖不改初衷，仍然从杂志选择中、短篇——日文10万字以内，译成中文大约六七万字。所谓杂志，2000年以来几乎就是这五种杂志：文艺春秋的《文学界》、讲谈社的《群像》、新潮社的《新潮》、集英社的《昴》、河出书房新社的《文艺》。作为纯文学杂志，无一不亏本，但它们是出版社的招牌。各杂志都设有新人奖。年深日久，各种奖形成了序列，先获得某杂志的新人奖，再接再厉，进军芥川奖，好似从小组赛进入决赛。

与芥川奖同样等级的新人奖还有野间文艺新人奖、三岛由纪夫奖。有四个人居然把三大新人奖都得了，都是女作家：笙野赖子、鹿岛田真希、本谷有希子、村田沙耶香。她们还得过其他新人奖，翻来覆去当“新人”，这也是日本才会有的怪事。

1979年，村上春树获得群像新人文学奖，然后两度入围芥川奖，皆不被看中，再后来他就成了世界大作家，让芥川奖很是没面子。也有人出头强辩，说村上候选了两次就写长篇去了，自绝于芥川奖。30年过后，村上在长篇小说《1Q84》中写了一个天才少女作家绘里子获得新人奖，“简直像冲绳飘小雪一般引人注目”，于是资深编辑小松认为，“这样的话，得不得芥川奖算个屁”。

石原慎太郎的小说获奖，其内容惊世骇俗，从此芥川奖在社会上备受关注。一般来说，可供媒体炒作的不是文学，而是其人其作的各种属性，年龄、家庭、经历等。例如成为话题的，西村贤太接到获奖的消息时正打算去红灯区，田中慎弥除了他妈，没接触过女人，吉直树是搞笑的艺人。金原瞳20岁出头、绵矢梨沙未满20岁获奖，一时间少女救文学、少女救出版之声四起。评委村上龙冷冷道：报刊上说，由于两位年轻女性获奖，出版萧条将好转，然而现在的出版萧条是结构性的，两个作家登场不过是杯水车薪。

关于芥川奖，文艺评论家中村光夫说：“一篇一篇是迈向未知的一步，是新的冒险，这样的东西是文学，文学在本质上是不可预想的。”对于评委来说，新，简直是一种梦魇。文学奖大都以作品为本位追求文学的创新，但本来是用来发掘新作家的奖项，获奖作品被当作那一年文学的最大收获，乃至成为文学史的路标，也匪夷所思。归根结底，出版社办文学奖，本意并不在文学，目的是卖书。村上春树在《1Q84》里还写了这样的对话：

> “要是得了芥川奖，那会怎么样？”天吾回过神来问。
>
> “得了芥川奖就会出名。世上大部分人几乎不明白小说的价值什么的，但不想被世上的潮流甩下，所以一有书得了奖成为话题就买来读。作者还是个正上学的女高中生，那就更趋之若鹜。”

话里话外对芥川奖乃至读者都有点不屑，却也道破了文学奖的用处。打一个比方：钞票有两面，不管表面的人物多么了不得，如果没有背面，那就是假钞。小说也如同钞票，正面是写作，背面是阅读，写和读一体才成其为小说。村上春树是日本最畅销的作家，当有人攻击他的表面时，他总是强调背面。不需要得奖，他的小说也有人读。

听说诺贝尔文学奖出了丑闻，今年不评了，有些人趁机搞了一个瓜菜代，把村上春树也列为候选人。他赶紧宣布谢了，不要。要了这个假诺奖，岂不就绝了他得真诺奖的路。

世界第一部长篇小说

关于日本，我们中国人有些有意思的观察，譬如女作家好像特别多。确实，芥川奖是日本最具社会效应的文学奖，2008年以来23人获奖，其中女性13人，比男性多。

为什么多女作家呢?

原因在于日本文学的传统本来是女性的。

这要从日本的文字说起。

日本没有文字，从中国拿来了汉字。贵族、官僚学会它，用来办公、作诗、写文章。那么，祖先传下来的语言怎么办呢？他们便想到不要汉字的意思，只用汉字的发音，一字一音，记录固有语言。这就是“万叶假名”。假，是假借的意思，名就是字。好像小学生写字工整，中学生、大学生把汉字越写越草，再加以整理，简化成符号，后来就叫它平假名。这大概是平安时代初期的事——794年桓武天皇迁都到平安京，也就是京都，到1185年源赖朝在镰仓开设幕府，长达400年，历史上叫作平安时代。纯粹用汉字表音的万叶假名叫男手，面目全非的平假名叫女手。虽然未必是女性专用的文字体系，但这个叫法表明平假名主要是女性使用。平安时代盛行写日记，男性用汉文写，内容是公事，基本不记录个人感情，可用作史料。女性也写日记，用的是假名，都是写自己的心情，更近乎文学作品。日本最早的假名日记叫《土佐日记》，作者纪贯之是男性，记录自己从土佐卸任回京的行旅，却冒充女性，说："听说男人写日记，我虽是女人，也想写个试试。"

除了平假名，和尚为了在读经文时标注读法，又创造了一套假名，就是片假名，好像汉字缺胳膊少腿，呆板不生动。平假名来自草书，写起来连绵，具有曲线美，产生了连绵游丝体的书法艺术，煞是好看。汉字是公用的文字，平假名的平是平凡、平易的意思，容易写，掌握不了汉字的人使用它，具有与公相对的私的性质。假名的发达产生了和歌，男女用它谈情说爱。用汉字从事理智的活动，假名抒发感情，形成了汉诗言志、和歌抒情的传统，一直延续到明治时代，志士们写汉诗表达维新的情怀。日本文学是男性的理念世界和女性的感情世界的一大综合，所以日本文学在感情上常表现出女性的阴柔之美。平安时代中期，女性们用平假名创作出自己的文学，最杰出的就是有世界第一部长篇小说之称的《源氏物语》，和日本第一部随笔《枕草子》。日本文学的源头是女性开启的，日本的文学古典是女性留下的。

2008年，日本隆重地纪念《源氏物语》脱稿100年，据说已经被翻译成33种语言。不过，江户时代是日本历史上汉文水平最高的时代，儒教影响也最强，虽然国文学家维护《源氏物语》，但书中写皇宫里偷情通奸，大逆不道，儒者们视之为淫书，予以否定。明治时代文学家也厌恶《源氏物语》，文豪森鸥外说"源氏是恶文"。昭和时代初期有人把《源氏物语》搬上了舞台，已经预售了戏票，却被警察叫停，理由是扰乱国体（国家体制）。

英国的东方学家阿瑟·戴维·韦利从1921年到1933年翻译出版了《源氏物语》，认为它具有反19世纪文学的现代主义文学要素。日本自然主义小说家、评论家正宗白鸟读了英译本深受感动，才知道日本还有这么好的作品，撰文盛赞，震动全日本。一家出版社的社长请谷崎润一郎把《源氏物语》翻译成了白话文。在谷崎之前已经有与谢野晶子的翻译。1945年战败后皇家不再是禁区，《源氏物语》这才成为日本最不得了的古典文学，与时俱进，至今已有十来个作家翻译此书，多是女作家，补主语，省敬语，都努力把物语翻译成现代小说。

《源氏物语》有五十四帖，也就是五十四回。第一帖是《桐壶》，很多人兴冲冲地读起来，但读到第十二帖《须磨》就读不下去了，以致日语里有一个说法，叫“须磨而返”，意思是废然而返。全书可以分成三部分，第一部分三十三帖，写光源氏诞生，艳遇，失势，享尽荣华富贵。第二部分到四十一帖，写光源氏40岁以后，意外地迎娶朱雀帝的公主女三宫，她却和一个叫柏木的年轻人通奸，生下儿子薰，光源氏抚养他当天皇，为之苦恼。第三部分到五十四帖《梦浮桥》，光源氏已死，写的是他儿孙，舞台从京都换到宇治。最后十帖也叫“宇治十帖”。四十二帖《云隐》，只有标题，没有正文，大概日语的“四二”谐音“死”，一切都归于白纸。

小说主人公光源氏是天皇桐壶帝的次子，被降为臣籍，不再当皇族，以免当一辈子备品。天皇家没有姓，他变成臣下，被赐予源姓，所以叫源氏。光不是他的名字，而是绰号，形容貌美如光。书中有三位天皇登场，首先是光源氏的父亲桐壶帝，后来朱雀帝继位，他是光源氏同父异母的哥哥，再后来继位的冷泉帝是桐壶帝的第十子，其实是光源氏和藤壶中宫的私生子。中宫是皇后，次之叫女御，再次叫更衣，朱雀帝的母亲是女御，光源氏的母亲是更衣。桐壶帝宠爱她，于是遭人嫉恨，在光源氏3岁时病故。藤壶比光源氏大5岁，由于长得像光源氏的母亲，因而为光源氏所暗恋。但光源氏成人后被隔在帘外，二人不得见面。藤壶患病回娘家，光源氏乘机幽会，二人有了一夜情。光源氏12岁时娶了比他大4岁的葵上为妻，她是朝廷两大势力之一的左大臣之女，但光源氏最爱的是藤壶，明知不可能如愿，于是和众多的女人谈情做爱，把她们当作藤壶的替代品。

葵上有位姨妈叫六条御息所。京城里举行葵祭（现今是京都三大祭之一，每年5月举行，500多人装扮成平安时代的模样，牵着牛车游行），六条御息所和葵上因牛车的停车位打了起来。虽然光源氏一再谢罪，但六条御息所并不买账，因为光源氏和自己偷情，却又跟葵上生了孩子。由于嫉恨，六条御息所活着作祟，将葵上折磨致死。后来光源氏遇见了十来岁的紫上，原来是藤壶的侄女，怪不得长得那么像，于是领回来调教。谷崎润一郎的小说《痴人之爱》也是写这样的故事，却调教出一个坏女人。

紫上死后光源氏也不想活了，把女人们的情书付之一炬。六条御息所早死，藤壶以及女三宫、胧月夜纷纷出家，那时候出家意味着虽生犹死，只剩下光源氏孑然苟活。这正如记述平安时代末期至镰仓时代初期的历史小说《平家物语》开篇所言：祇园精舍之钟声，有诸行无常之响；婆罗双树之花色，显盛者必衰之理。甚至有研究者认为《源氏物语》是女人对男人的复仇故事。

《源氏物语》的作者叫紫式部，这不是本名。丈夫姓藤原，她应该叫藤原什么子。仿照中国姓氏的表记，藤原叫藤氏。《源氏物语》写的是藤原道长执掌朝政的时代。道长生于966年，死于1027年，即平安时代中期。他女儿彰子是一条天皇的皇后。紫式部是彰子宫中的女官，具备汉文教养，给皇后讲唐朝诗人白居易的新乐府。按照当时的风习，用父兄的官职来称呼，她父兄是式部丞，所以叫她藤式部。《源氏物语》起初叫"紫物语"，一边写一边传阅，以至作者被叫成了紫式部。彰子之前的皇后是定子，她是藤原道隆的女儿。道隆死后，藤原道长在跟侄子的权力斗争中取胜。定子宫中的女官清少纳言写了《枕草子》。道长的三个女儿分别是一条天皇、三条天皇、后一条天皇的皇后。道长迫使三条天皇让位给后一条天皇，自己就成了天皇的姥爷摄政。一时间三女威子是皇后，次女妍子是皇太后，长女彰子是太皇太后，千古奇观。道长忙于政务，23年里天天写日记，被叫作《御堂关白记》，这是日本现存最古老的亲笔日记，已列为世界记忆遗产。紫式部写这么长的小说，有一大困难，那就是当时很贵重的纸从哪里来。答案是她得到了道长的援助，《源氏物语》是在藤原道长的支持下写成的。

也有一些人认为《源氏物语》不可能是紫式部一个人写的。理由之一，书中引用了800种文献，这在基本是写本的平安时代一个人根本做不到。理由之二，书中使用了14000种词汇，其中近半数只用了一次，这也是个人做不到的。理由之三，全书共五十四帖，长短不齐，以现代版本来说，最长的《若菜》百余页，而《花散思》等只有三四页。理由之四，书中的人物多达506人，很多都不了了之，好像被作者忘到了脑后。

从枕草子到村上春树

中国的经济已经是世界第二了，但好像文学还没大走出国门，反而外国的文学进来得更加汹涌。说到日本，常说它经济发展停滞20多年，但我们不仅爱看它的漫画，也爱读它的小说，例如村上春树、东野圭吾。日本小说的确不得了，他们说《源氏物语》是世界上第一部长篇小说，至少已问世1008年。日本近代以来学西方，到了现代就有川端康成、大江健三郎先后获得诺贝尔文学奖，对村上春树获奖的猜测也连年不断。听说某中国作家说，像莫言那样的作家中国有好多个，日本人也说这种话。日本有很多好作家。

日本人全盘接受了西方的观念和审美以后，随笔被等而下之，但我还是爱读随笔。日本文学的传统在随笔，随笔有真正的日本味儿。就日本来说，随笔是文学的神髓。读日本小说会觉得跟我们的小说不一样，别有风味，原因之一即在于随笔性。例如夏目漱石的小说《我是猫》很有随笔味，永井荷风的小说《雨潇潇》《墨东绮谭》可以当随笔读。村上春树的小说也带有随笔式的叙述腔调。

散文，我们用这个词有两层意思。一是与韵文相对而言。日本的史书《古事记》《日本书纪》、小说《源氏物语》、随笔《枕草子》就属于这种广义的散文。好像中国自古诗与文齐头并进，但是在欧洲，韵文发达早，到了18世纪散文才终于可以跟韵文比肩，19世纪以后散文的两大样式是小说和随笔。这个随笔，我们也叫做散文，这就是散文的第二个意思，狭义的散文，不仅相对于诗歌、戏曲，也相对于小说而言。日本不用狭义的散文，他们就叫做“随笔”。

明治维新，日本人觉得自己就只有不文明的野蛮与不开化的落后，唯西方马首是瞻。他们按照西方文学的表现样式把日本文学整理、分类，基本是削足适履。譬如《源氏物语》就成了世界第一部长篇小说，但读一下就知道，虽然有鼻子有眼，但不是高鼻子碧眼，黄头发也是硬给它染上的。倘若有文化自信，还是叫“物语”为好。近代以后讲文学以小说为中心，不是根据日本的文学作品写日本文学史，而是套用西方观念编造文学史。

我们爱旧瓶装新酒，显得自己的文化很有点汉化或者同化的能力，散文一词，近代以后纳入了西方的概念，又用来说古代散文，自不免暧昧。日本在20世纪30年代把法语的随笔（essai）一词译作“小论文”，或者把整个评论叫随笔。不消说，随笔和论文不是一回事，论文是理智的抽象产物，随笔是以主观的体验、生活感情为主的文学。也有人就译作随笔，但日本的随笔写花鸟风月的自然，或者日常生活的身边记事、人生观照，好像说闲话，而西方的随笔本质上有哲学的、思想的根据。结果，日本人善于取巧，干脆不翻译，直接把西方词语拿过来，叫エッセイ。凭日本人的模仿本事，越写越像西方的エッセイ，真的不好再叫日本的“随笔”了。如今这个外来语通用无阻，说两个汉字很有点老气。随笔、エッセイ这两个叫法具有时代感，这是日本使用外来语的奥妙之处。

随笔一词源于中国。南宋洪迈《容斋随笔》最古老，基本是读书笔记。洪迈在卷首写道："余老去习懒，读书不多，意之所之，随即纪录，因其先后，无复全次，故目之曰随笔。"这始终是随笔的基本定义，读书随笔也一向是随笔的大宗。日本文献上最初使用"随笔"二字的是一条兼良的《东斋随笔》，他是15世纪的人，此书是摘录。江户时代日本人对随笔有了自觉，沿着历史往上找，发现了《枕草子》。中国随笔与日本随笔同样注重具体的知识，注重个别性，注重片段，而西方随笔注重抽象的思想，注重普遍性，注重全体，但无论东西，随笔的本质必须是个人的、人格的。

西方随笔的源头是1580年法国思想家蒙田所著《随笔》。这个"随笔"的原意是试论，可知蒙田那类随笔是严谨的思考。蒙田的著作也影响了英国的思想家、文学家。培根1597年出版了《随笔》，兰姆1823年出版了《伊利亚随笔》，随笔形成了一个文学样式。比较而言，蒙田是思想随笔，近乎论文，当然较为随意，不像论文那样往深里挖掘，追究到底，而《枕草子》是生活随笔，写日常的观察、感受。同样写自己，蒙田写出了哲理，既有主张，也有批判，而清少纳言热衷于感慨人生，这可能与当时盛行佛教有关。

芥川龙之介把日本过去的随笔分为四类：陈述感慨的、记录逸闻的、进行考证的，以及艺术小品。没有属于蒙田随笔那类的。

日本随笔里有一个大类，那就是日记，这在世界文学中也比较特别。随笔本来是生活体验、读书心得之类的日记，但是和日记还是有区别。一般来说，随笔为读者而写，日记是自己跟自己说话，被发表是偶然。古代纸贵重，有的日记写在用过的纸张背面，没有公之于众的打算。近代女作家樋口一叶的日记中有的地方撕掉干什么用了，并不期待为人所知。永井荷风的日记完全是为了发表而写，他的《断肠亭日乘》写了40多年，把自然现象、世俗人情都写得很有艺术性。明治以后的日记文学，如樋口一叶的日记、石川啄木的日记，从艺术价值来说，都属于他们最优秀的作品。

《土佐日记》是平安时代（794～1183）纪贯之在土佐当长官，任期满了之后回京都，行旅55天的记录，大概写于935年，是日本第一部用假名写的日记，也是日记飞跃为日记文学的里程碑。当时男人用汉文记日记，也可能纪贯之先用汉文记了日记，然后用假名创作了这个《土佐日记》。写日记一般是晚上把当天的事记下来，其实是"回忆录"，"今天如何如何"，这口气就是在回忆了。对自己一天的所作所为进行回忆，并加以总结，这样，日记并非纯粹的事实记录，而是被选择过，思考过，加工过。因此日记中的时间是双层的，也就是当事人分裂为两人，一个行事，一个进行事后评价。

日记有史料价值。《御堂关白记》是一本古日记，从995年断断续续记到1004年，属于国宝，2013年被教科文组织登录为世界记忆遗产。作者藤原道长是平安时代的贵族，爱好文学，是紫式部等女作者的保护人，据说也是《源氏物语》的第一读者，经常到紫式部那里催稿，而且是主人公光源氏的原型之一。

《枕草子》的内容也有相当于日记的部分。著者清少纳言大约生卒于966～1025年，当时女人不公然称名道姓，"少纳言"是官职，但不是她的官职，可能是她兄弟的。她出身"清原氏"，就在少纳言前头加一个"清"字，以免混淆。写《源氏物语》的紫式部也是女流之辈，她父亲藤原为时当过藏人式部丞，她叫藤式部。死后作品流行开来，其中有一个人物叫“紫上”，好事者给她冠了个“紫”字，九泉之下的她不得而知。

《枕草子》的“草子”本来是册子，发生了音变，特别指假名书写的书，后来指绣像小说之类的大众读物。从内容来说，《枕草子》的“草子”可译为随笔，这个“枕”字则说法不一。清少纳言在题跋中自述：有一年，大臣给宫中进献了一些草子，也就是册子，大概是用来抄写《史记》的。清少纳言说，要是赏给我，就拿来当枕头。主子真就赏给了她。她写道：“我就写了那许多废话，故事和什么，把那许多张纸几乎都将写完了，想起来这些不得要领的话也实在太多了。”关于“枕”，日本研究者整理出八种说法，例如备忘录，放在枕头边。

清少纳言有一个很有名的故事，是学者研究白居易对日本的影响时特别爱引用的故事，那就是她在宫中表演了白居易的一句诗：香炉峰雪拨帘看。她写在《枕草子》里：“雪在落下，积得很高，这时与平常不同，仍然将格子放下了，火炉里生了火，女官们都说着闲话，在中宫的御前侍候着。中宫说：‘少纳言呀，香炉峰的雪怎么样啊？’我就叫人把格子架上，将御帘高高卷起，中宫看见笑了。大家都说道：‘这事谁都知道，也都记得歌里吟咏着的事，但是一时总想不起来。充当这中宫的女官，也要算你是最适宜了。”这是白居易的一首七律，居然谁都知道，可见白居易当时在日本多么有人气。日本公派遣唐使及留学生，也有自费赴唐的，和尚惠萼至少私自往复过三次。844年，他在苏州南禅寺费时一个月把白居易亲自校订的《白氏文集》抄了回去；白居易卒于846年。

大概清少纳言长得不算漂亮，但有才，性格开朗。二十七八岁时进宫服侍一条帝的皇后定子。《枕草子》比《源氏物语》早几年出世，或许性格所致，《枕草子》像日本私小说一样无所顾忌地写出了自己的秘辛，自道：“在别人看来，有点不很妥当的失言的地方，所以本来是想竭力隐藏着的，但是没有想到，却漏出到世上去了。”而紫式部一点都没有留下对自己有损的文字。清少纳言和紫式部这两个女人开创了日本文学，使日本文学压根儿有一种阴柔之美。不知是女人的缘故，抑或文人的缘故，两人互不服气。《枕草子》里写了紫式部丈夫的糗事，紫式部怀恨，在日记中大说清少纳言的坏话，写道：“像她这样刻意想要凌越别人的，往往实际并不怎么好，到头来难免会落得可哀的下场。加以每好附庸风雅，故而即使索然无味的场合，也想勉强培养情绪，至于真有趣味之事，便一一不肯放过，那就自然不免出乎意外，或者流于浮疏了。像这般浮疏成性的人，其结果如何能有好的道理呢？”可能紫式部看见了清少纳言的人生结局。皇后死后，清少纳言出了宫，度过了落魄隐居的晚年。

传说一群纨绔子弟驱车经过她家门前，说：就连那个少纳言也没有人样了。她听见了，露出像鬼一样的脸，大叫：你们不知道千金买马骨吗？那些年轻人落荒而逃。看来她虽然落魄，心气仍然高。清少纳言好像写和歌不大行，不如紫式部，但是有汉文素养。那种直观的机智，极具个性的感觉，恐怕从古至今女作家无出其右者。紫式部在日记中写道：“清少纳言这人端着好大的架子。她那样自以为是地书写汉字，其实，仔细看来，有很多地方倒未必妥善的。”

《枕草子》的内容很难讲，因为它留传的各种本子有很大的差异，没有一个定本。有人把内容分为三类：

一类是类聚章节，写山川草木鱼虫，以及各种事，表明自己的好恶。例如写“难看”：

难看的事情是，衣服背缝歪在一边穿着的人。又把衣领退后，伸向后方的人；公卿所用的下帘很是龌龊的旧车。平常少见的客人的前面，带了小孩子出来。穿了裤的少年脚上趿着木屐，这个样子现在却正在时行。

这里很有意思。穿裤子的人，光着脚穿一对木屐，呱嗒呱嗒走路，如今也可见。把衣领退后，露出后脖颈，是日本穿和服的装束，人们赞叹她们后脖颈的曲线美，原来在平安时代这是很难看的。

第二类是随想章节，观察日常生活和四季自然，是一般的印象描写，最具随笔性。例如写“雨后的秋色”：

九月里的时节，下了一夜的雨，到早上停止了，朝阳很明亮地照着，庭前种着的菊花上的露水，将要滚下来似的全都湿透了，这觉得是很有意思的。疏篱和编出花样的篱笆上边挂着的蜘蛛网，破了只剩下一部分，处处丝都断了，经了雨好像是白的珠子串在线上一样，非常的有趣。稍微太阳上来一点的时候，胡枝子本来压得似乎很重的，现在露水落下去了，树枝一动，并没有人手去触动它，却往上边跳了上去。这在我说来实在很是好玩，但在别人看来，或者是一点都没有意思也正难说，这样替人家设想，也是好玩的事情。

那时日本人最喜爱的不是樱花，而是胡枝子，《万叶集》里咏它咏得最多。

第三类是回想章节，回想皇后周围的宫廷生活，时间、地点很具体，感慨系之，很像是日记，也具有自传性质。例如写“喷嚏”：

> 中宫（就是皇后）同我说着话，忽然问道：“你想念我么？”我正回答说：“为什么不想念呢。”这时突然从御膳房方面有谁高声打了一个喷嚏，中宫就说道：“呀，真是扫兴。你说的是假话吧。好罢，好罢！”说着，走进里边去了。怎么会说的是假话呢？这还不是平常一般的想念，只是那打喷嚏的鼻子说了假话罢了。到底这是谁呢，做出这样讨人嫌的事来？

中国古时候也以打喷嚏为不吉。

从以上引文可以看出《枕草子》的特色，那就是充满好奇心，细致而敏锐地观察，照实描述，生动有趣。整个《枕草子》都是在观察，记录作者的观察以及感受，那种感受往往很独特。清少纳言是一个犀利的印象批评家，《枕草子》写得很明亮、欢乐，好像在充分享受美的生活，没有人生苦的阴影，随处是新鲜、纤细的感觉美。与蒙田的随笔比较，它不是思想性作品，缺少切实的反省与思索，几乎不能从中汲取深刻的人生批评。

《枕草子》与《源氏物语》并称平安文学的双璧。平安文学有两个审美，一个是《源氏物语》的“物哀”（もののあはれ），再一个是《枕草子》的“痴”（をかし），据说这是中学考古文最常出的试题。“物哀”是情绪的，“痴”是明智的，这种明智后来发展为机智，再变为滑稽，譬如能的狂言，以致现在说的可笑（おかしい）。简单地说，两者都是深受感动，就我的体会，一个是心里感动，感动得要哭，一个头脑感动，感动得直点头。

以上的引文都引自现成的译本。《枕草子》有周作人译，有林文月译，各具千秋。随笔是文，没有故事性，比小说难译。周作人用当时的白话文，今天读来有点隔，但他的文字真是老到，虽然直译，却像是随手写来。相比之下，林文月在遣词造句上略显青涩。林文月说："周氏译法，似较偏向直译，执着于原文。例如原著中屡次出现之'おかし'一词，译文皆呈'有意思'，或'非常有意思'。事实上，'おかし'的内蕴相当复杂，既可解释为'有意思'，又可解释为'有情趣的''可赏爱的''引人入胜的''奇妙透顶的'，或'滑稽可笑的'等等不同层次，甚至不同方向的意义，端视其上下文的气氛酝酿而定。"我是主张直译的，直译更需要母语的功力，而意译不执着于原文，有时会避重就轻，投机取巧。一个词在一篇文章中不可能含义变来变去，之所以被译得千姿百态，是出于中文的审美。我们写文章讲究词汇丰富，而日本人作文恰恰爱一个词用到底。譬如那位被我们封为情色大师的渡边淳一很爱说"总而言之"，翻来覆去。这好像是通常法的日文修辞法，他们读着也不烦。"おかし"一词在《枕草子》中出现了400多次，周作人不为日本作者粉饰，使中国读者能看到日文的特征和风格。恐怕也只有周作人这样的文章大家才敢这么做，换了其他译者，担心读者认为他不会译也说不定。

日本中世，也就是12世纪末镰仓幕府成立到16世纪末室町幕府灭亡，盛行隐者随笔。所谓隐者，很多是贵族的落伍者，他们非俗非僧，从现实退一步，有点距离地批判地观察人生社会。他们没有积极改造现实的热情，消极地活着，或者说是消极抵抗。从艺术来说，杰出的隐者随笔是大约13世纪初的鸭长明的《方丈记》，14世纪初的吉田兼好的《徒然草》。这两部随笔是动乱时代的产物。

鸭长明本来在鸭神社工作，对世事的变化深感虚无，遁世独居。这种与自然为友的独居生活是需要强大意志的。在深山里搭一座一丈见方的茅屋，孤独过日子，远眺世间，谈论自己的境遇。例如他写道：

> 浩浩河水，奔流不绝，但所流已非原先之水。河面淤塞处泛浮泡沫，此消彼起，骤现骤灭，从未久滞长存。世上之人与居所，皆如是。

吉田兼好是贵族出身，公卿与武士激烈争斗，他逃离了现场。与鸭长明相比，兼好艺术性趣味浓厚，也有很强的怀古情趣。《徒然草》的内容比较复杂，市井杂事，无所不写，而《方丈记》较为单一。《枕草子》是感觉型随笔，《徒然草》则是思索型，具有某种普遍性，虽然也有自然观照，但特色在人事，处世之道，甚至被当作说教。兼好是日本式的人生批评家。欧洲随笔就一个事件做逻辑解释，或者展开人生批评，而兼好只干脆地写出事实，不予置评，别有余韵。例如他写道：

> 爱执之道，根深源远。六尘之乐欲固多，皆可厌离。唯有惑于爱欲者，牵缠难断。无论老幼智愚，尽皆如是。是故传言

云："以妇人发丝搓绳，大象能缚；以妇人木屐制笛，吹之可引秋鹿。"女色之惑，男儿当谨慎惧戒也。

用女人的头发搓绳，这倒是真事。靖国神社的游就馆里有一堆黑乎乎的缆绳，是当年女人们支持战争，用头发编制的，令人毛骨悚然。《徒然草》被广泛阅读兴始于江户时代出了好些注释书以后，近松门左卫门还以兼好法师为主人公写了净琉璃。有个叫广濑淡窗的写了五言诗《读徒然草六首》，赞赏吉田兼好的审美，有云："四更山吐月，微云缀细弦。幽光殊窈窕，何必赏团圆。"本居宣长则非难吉田兼好那种花看半开、月看不圆的自然观造成了"后世自作聪明之心，故意往歪里搞的风情"。

从对于江户时代的影响来说，《徒然草》超过《枕草子》。《徒然草》里三次提及《枕草子》，大概作者读了《枕草子》大感兴趣，佩服，共鸣，也有反对，于是坦率地写出自己的想法。随笔源远流长，江户时代尤为盛行，武士也写，庶民也写，多而杂。活字印刷的、版刻的和手写的稿本加在一起，现存有大概5000余种，多数是没有付梓的手稿。初期说教性随笔多，例如战争期间被捧为圣书的《叶隐》即属于这一类。最多的是考据类，那时候小说是下里巴人，考据是阳春白雪，写小说的，如曲亭马琴、山东京传，也都写考据性随笔。游记类随笔也很多，最著名的是松尾芭蕉的《奥之细道》。

日本人具有直观的、艺术的性格和喜好，从一滴水感受宇宙，善于把日常生活给艺术化，把艺术给日常生活化，随笔是最适于他们的表现样式。从文学水平来说，明治时代的随笔大大超过了江户时代，尤具时代意义的是启蒙性随笔。最大的启蒙家是福泽谕吉，文章平明达意，如《福泽百话》。文坛启蒙家是坪内逍遥。在近代感觉及文学起步的时期具有浪漫精神的美文随笔比较多。受西方油画手法和理论的影响，产生了一种以描写眼前景物为主的写生文，这个系统的随笔以夏目漱石为代表，名家众多。后来以科学随笔出名的寺田寅彦也出自这一派。夏目漱石的《玻璃窗内》是晚年的随笔，写“则天去私”的心境，有人推崇这个随笔是他全部作品中最精彩的点睛之作。

近代以来，日本随笔一方面继承传统，另一方面引进西方随笔的概念与知识，文学性内容与江户时代以前大不相同，个别性变成了个性、个人主义，拼命要写出思想来。从明治进入大正，作家也爱写随笔，这类作家被称作文人，拥有众多的读者。从大正后期到昭和前期，报刊发达，带来了随笔的兴盛。1935年，哲学家三木清在《随笔时代》中写道：“社会科学之后接着流行随笔书，多少有点名气的人谁都写随笔似的东西。这样的随笔流行对于我国随笔文学的发达贡献有多大是个问题，但确实可以说，这样的随笔流行是与思想镇压一同产生的。”所以，有人说随笔流行是批判精神高扬的一个文学性结果，这种随笔应该具有思想性。甚至有人说，昭和时代是随笔的时代。

现代小说家擅长写随笔的似乎越来越少见，例如推理小说家东野圭吾在随笔集后记里自认写不来随笔。村上春树像武士一样腰插两把刀，长刀是小说，短刀是随笔。我对小说不大感兴趣，爱读他的随笔，写得很实际，有生活，有日本味。例如在欧洲逗留三年，他写了小说《挪威的森林》《舞舞舞》，还写了游记《遥远的大鼓》，思考何谓旅行，人为何旅行；在美国普林斯顿大学当客座研究员，正赶上海湾战争，记下了一个日本人在美国的感受，即《毕竟可悲的外语》；而《涡旋状猫的找法》相当于续篇，也是写美国生活，“小确幸”一词就是在这本书里创造的。与其关心一些八竿子打不着的事，真不如每天抓住自己的小确幸，像一只涡旋状酣睡的猫。

村上春树不记日记，回忆事情就翻阅他以前发表的随笔。

越前竹人形

最初读水上勉的小说《越前竹人形》是30多年前，那时当编辑，读的是译稿。当年不用花钱买版权，倒像帮人家原作者走向世界。记得是东北师范大学的老师翻译的，此刻想起了两位，说不清到底是哪位了。改革开放后，一些本来搞中国文学或苏联文学的人转向搞日本文学，乘势而起，后来有人成大名，有人却不知所终。

打算去越前旅游，买来一本文库本，标题的五个日本汉字跟中国现行汉字长得一样：越前竹人形。竹人形，用竹子做的人偶。越前是古代的国名，位于今福井县东部。川端康成穿过国境上长长的隧道进入的雪国在越后，今属新潟县。越前和越后当中有越中（今富山县），三国沿日本海邻接。竹人形是越前的乡土工艺品。水上勉的父亲是木匠，用木材的边角余料制作小玩意儿，被他拿来写小说。

水上出生在福井县西部，古时那里是若狭国，也叫若州，所以他在家乡建立的兼具纪念馆、图书馆、剧场、画廊等用途的文化设施叫“若州一滴文库”。“一滴”，出自六祖惠能的“曹源一滴水”。他家穷，9岁被送进京都的临济宗寺庙当小和尚，日后撰写了《良宽》《一休》《泽庵》等禅僧评传。中学毕业后离开寺庙，做过各种营生。在倒卖服装的路上读了松本清张的小说《点与线》，天生我才难自弃，便写了《雾与影》，一炮而红。写《越前竹人形》自然也捉摸怎么样杀人，女编辑却说，这么美好的故事为什么偏要搞出血案呢？终于没有写杀人，就是要写人。

谷崎润一郎读了《越前竹人形》很是感动，撰文称赞，说他如此兴趣盎然地读完年轻人的作品，上次是深泽七郎的《楢山节考》。这个小说让谷崎联想到古典的《竹取物语》的世界，而我则油然联想到了谷崎的小说。故事很简单：父亲死后，手艺人喜助迎娶了父亲生前关照过的娼妓玉枝，却觉得她带有母亲的面影，连手也不要摸。他埋头做竹人形，把对于玉枝的感情变成了形状，巧夺天工。喜助外出，崎山从京都来采购，他是玉枝的老相识。玉枝怀了孕，找崎山解决，却惨遭打击。她在渡船上生下孩子，却被看透原委的船夫丢进了水里。玉枝回来两个月后死去。

谷崎批评："虽说起承转结，但结的部分也有时不需要。"小说的第17章最后一句是"船夫匆匆摇橹而去"，就这么结束，不要第18章，或许会更有余韵。对此水上说：我不像谷崎先生那么了不起，小说很拙劣，所以"起承转"不行呀，非写到"结"不可。

玉枝死后，喜助不再做竹人形。现实里小说畅销，本来只做些生活用品的手艺人也做起了竹人形。所以说，先有水上勉的小说，后有越前竹人形。这种没有多少年历史的民间传统在日本到处可见。"越前竹人形之乡"展示或出售的作品着实招人爱，一段略有点歪扭的竹筒，就势做成了婀娜的体形，竹丝为发，极简的眉眼，活脱脱一个日本美人。

茶道之美

日本有许多“道”，如花道、剑道、武士道，最大的道似乎非茶道莫属。古时候拿来茶，又不断把其他从中国拿来的东西往饮茶这件事上添加，茶室建筑、庭院设计，铁器、陶器、漆器、竹器的工艺，书画的悬挂、花草的摆设以及佳果点心、菜肴的料理等，都为打造其道而日益精致。日本文化几乎就是借茶道发展起来的。日本的生活从艺术来说茶道是基础。陶艺家、美食家北大路鲁山人说：茶道是“审美的综合大学”。看茶道表演，觉得本该唱主角的茶，那种绿绿的粉末状“抹茶”，反而不大被重视。

茶道，原先叫“茶汤”，自江户时代初期叫开了“茶道”。《广辞苑》解释：茶道是以茶汤修养精神、探究交际礼法之道。把生理上的渴饮搞成一种形式，去掉其游艺成分（如今中国卖茶叶的店铺搞一两个美女表演，称之为茶艺，确然只是艺），附加精神性，变革为修行，可谓饮茶三层次，即“知之者不如好之者，好之者不如乐之者”。远看像表演，近看是修行。茶会，也就是招人喝茶的活动，主人是演员，客人也参与演出，好像能乐舞台上伴奏伴唱之众。大概“茶道”这个词过于形而上，现今茶人也多是用茶汤的说法，倒是我们中国人凭自己对汉字的想象远远比日本人更中意这“道”字，玄之，又玄。明治时代的美术界领袖人物冈仓天心说，茶道是“乔装打扮的道教”。当初立茶道，日本人用老庄做注脚，如今中国人说茶道，只认它是日本的。日本人说过去的事情常用些近世以及近代的用语，而我们照搬过来，往往用中国现代乃至当代的意思来理解，自不免有误。

茶者，南方之嘉木也。老早就有人从大陆之南渡海而来，喝茶这件事也随之带入日本是再自然不过的了。若以史料为证，那么，和尚永忠留学我大唐30余年，时当撰写《茶经》的陆羽去世第二年（805）归国，越明年，向嵯峨天皇献茶。不过，从别处拿了来未必就落地生根，朝廷、寺院的饮茶之风没大刮起来。中国折腾到宋朝，荣西时隔20年再度取经，1191年归国。翌年，源濑朝受封征夷大将军，执掌天下，史称镰仓时代，从此天皇靠边站，直至1945年战败，日本基本是武士即军人掌权。荣西不单取回了真经，开创了日本临济宗，还带回来茶种，送给栂尾的高山寺栽种，又著有《吃茶养生记》。这回是武士全盘接过禅与茶。他们杀出了激情岁月，正需要用一种文化洗掉战袍的血腥，并借以抗衡京都贵族所延续的王朝文化，将自身贵族化。

种茶由栂尾扩大到宇治，其他地方也跟着栽培，品种多起来。室町时代（自1338年足利尊氏被封为征夷大将军，至1573年织田信长把十五代将军足利义昭赶出京都）也学宋人玩起了辨别游戏，再变为赌博的斗茶。栂尾以及宇治所产为“本茶”，其他则属于“非茶”。请人品茶，聚众斗茶，要布置一下环境，挂上画，摆上花，拾掇庭院，洒扫路径，乃至炫富争豪。毕竟茶的产量、品种都有限，不能像中国那样下功夫品，以助谈兴，便掉转眼光看器物。当时的名贵是来自中国的舶来品，叫“唐物”。日本对中国文化的敬畏之心古已有之，拥有了唐物，似乎就拥有了中国文化所具有的优越感。最被珍重的天目茶碗是福建建窑烧制的，留学的僧人从浙江天目山的佛寺里带回国，故名天目。

织田信长好茶，强取豪夺地收集唐物，并用来赏赐。师事过武野绍鸥的武将松永久秀谋反，织田让其交出“平蜘蛛”茶釜即可免罪，松永不献，砸碎了茶釜同归于尽。泷川一益是织田信长麾下的四大天王之一，论功行赏，比起大片的封地，他更为没得到织田的“小茄子”茶罐而丧气。

饮茶渐成风，茶碗却不够用，于是日本人把中国日常吃饭的碗、喝水的碗乃至笔洗，杂七杂八都派上了用场。据说千利休喜爱的云鹤茶碗本来是朝鲜半岛上用来喝汤药的，德川将军本家传承的天下三茶罐之一“初花肩冲”居然是杨贵妃用来抹头发的香油壶。禅寺行“茶礼”，如法炮制中国寺庙仪式化的饮茶方式，再传入民间，甚至先于滋味，讲究的是形式。这也是因为形式更具有文化性，能显出对文化的崇仰，借以自尊。民间学权贵也凑到一块儿喝茶，用不起唐物就顺手拿日常器物代替。起初看似矫情，甚至有点变态，渐渐地见怪不怪，喝得美滋滋。扯上二尺红头绳，穷人自有穷人的做法和美法，说不定街上流行破牛仔裤就是从破衣烂衫中发现的褴褛美。

有个叫村田珠光的和尚，1474年前后在大德寺跟一休参禅，悟得佛法在茶汤中。“茶意即禅意，不知禅味则不知茶味”，“茶事，以禅道为宗之事也”，这茶喝起来就有了禅味，茶禅一味。珠光说：

“茶汤出于禅宗，专事僧之行”，此道第一不好的是心的我慢、我执。村田珠光以及武野绍鸥、千利休一脉三人都曾在大德寺参禅，把禅的思想附会到茶汤里自是顺理成章。大德寺的鼻祖是跟南浦绍明参禅修行的宗峰妙超。南浦到宋朝留学，地在产茶的杭州，归国带回来茶台子、釜、风炉等一套茶具，还有七部关于茶的书，就藏在大德寺，自然也传承了中国茶礼。最表现禅意的是茶室里悬挂的墨迹，禅者所书，据说始于珠光把一休当毕业证书赠予的宋朝禅僧圜悟克勤的墨迹（日本国宝，现藏东京国立博物馆）裱褙挂上墙。与图画相比，从墨迹读懂禅意也需要一点文学修养。到了千利休，甚至把挂轴举为茶道的第一道具，而墨迹在挂轴中为第一。“用禅者的墨迹，心底感受放下万事不执着的言辞，使自己的心大为安闲。”

村田珠光从俗从众，不再专注于唐物，偏向接待客人的精神，此即茶之道。他开始用日本人制作的和物，唐物也选用粗糙简陋的东西，从而混同了和汉之界。能够从中国文化的残次品里发现日本美，也是因尊重唐物，靠唐物的古典美练就美的观照力，得以在看似粗陋的日常器物中选出富有生命力的造型，形成一种新的审美。茶勺也不用银的、象牙或水牛角的，而改用竹子做。搭个草庵请喝茶，称作草庵茶，这就是“侘茶”。不过，“侘茶”这个词是江户时代才有的。千利休的高徒宗启著《南方录》强调精神论，所述千利休的观点和喜好是后世茶道的基本，对“侘茶”观念的形成有巨大的影响，被视为茶道的圣书，其实此书是江户时代的伪作。珠光主张不完整美，云间月胜过当空一轮月。苏轼吟道，月有阴晴圆缺，此事古难全，说不上谁胜过谁，淡妆浓抹总相宜，自有一种豁达，我们觉得有禅意。把圆视为正常，缺则不正常，赏缺似乎是另一种禅意。

继承村田珠光的武野绍鸥是商人，创作了狭小的茶室，将草庵茶简化并深化，更注重精神。这个精神就是“侘”，与豪华相反，简素。不消说，这本来是禅的作风，而且欧阳修也曾就绘画艺术提出“萧条淡泊”之说。绍鸥主张“侘”基于心的本性，不是装。“侘”不是从碗上看出来，不是从汤里喝出来，而是心里有“侘”，则无处不“侘”。千利休跟绍鸥学茶，并尊崇村田珠光，奉他为茶道鼻祖。跟千利休学茶20年的豪商山上宗二于1588年记录：唐碗被弃之不顾，当世用起了高丽碗、今烧碗。

脱离唐物，刻意去中国化，也不免闹出笑话。大阪湾有一个地方叫堺，因与明朝贸易而繁荣，是千利休的家乡。那里立着纳屋助左卫门的铜像，城山三郎的长篇小说《黄金日日》写的就是他。他是贸易商，1594年从吕宋（今菲律宾）“爆买”了50个吕宋壶，献给丰臣秀吉。千利休帮着兜售，诸侯争购。助左卫门出了名，被坊间冠以“吕宋”二字。可是，国际倒爷不只他一人，很快就事发，所谓吕宋壶，原来是当地的夜壶。大祸临头，助左卫门把家产都捐给了大安寺，外逃柬埔寨。传闻大安寺藏有这种吕宋壶，乃镇寺之宝。

“侘茶”最后由千利休完成，并传承后世。利休先后侍奉织田信长和丰臣秀吉两大霸主。某日，朝颜盛开，利休邀秀吉来家开茶会。一统天下的秀吉好大喜功，好茶也胜过戎马倥偬的信长。他兴冲冲前来，孰料利休把庭院里的朝颜统统拔掉了，只在茶室里插了一朵。这就是“侘”之心造成的“侘”之美，或许也含有对拥有天下的嘲讽。秀吉惊叹之余，恐怕也怒不可遏，因为他的审美标准是传统的，让利休给他打造黄金茶室，举办的茶会盛大而辉煌，借机炫耀权势与富贵，与“侘茶”是鲜明的对立。茶碗有黑、赤两种，利休喜好黑，而秀吉喜好赤，讨厌黑黑的。茶室与世隔绝，但利休其人不甘闲寂，热衷于政治，却又不失独立而顽固的匠人之心，作为秀吉豢养的茶头，敢于在审美上与主子对立，终于惹来杀身之祸。说来日本人赏樱花的云蒸霞蔚，却是与“侘”正相反，所以也不要用一种审美把日本人看死。

点茶不是沏茶、泡茶，而是用茶勺把抹茶从茶罐舀进茶碗里，沃以热水（汤），再用茶筅像刷锅一样转圈搅。满满点这么一碗，大家轮流啜，叫“吸茶”。与近乎完美的天目碗相比，朝鲜半岛烧制的高丽碗是老百姓日常用来吃饭的，造型不均衡，釉彩浓淡不匀，但个头儿大，大概很适合“吸茶”。

宋元陶瓷器已达到高不可攀的地步，最好的办法就是另辟蹊径。这几乎是日本人把中国文化变成日本文化的基本路数。使用日本造，远不如天目碗细腻光滑，可它沉甸甸，拿在手里更有感觉。而且中国人使用桌椅，对于在榻榻米上起居的日本人来说，天目或青瓷的唐碗底足有点矮。千利休亲自设计，指导陶工长次郎用秀吉建造聚乐第掘出来的土烧陶，这就是乐烧，也叫乐茶碗（当时叫今烧），做出了地道的日本抹茶碗。北大路鲁山人也是像千利休这样动脑不动手的陶艺家。乐茶碗一般用手捏坯，当然不如辘轳转出来的圆，歪歪扭扭，但千利休说它美，大家也跟着说，越看越喜欢。

“侘茶”的审美被独尊，但也有远州茶那样追求华丽的。重视心的茶和偏重技艺、器物的茶各有所成，后者发展了日本的工艺、饮食等眼见为实的美。“侘”，不是贫，不是俭，而是一个标新立异的审美角度。丰臣秀吉征讨小田原城，千利休随军，用竹子做了个花瓶，“侘”到了极致，但后来被当作名物（有来头、有说道的器物，武野绍鸥“所持名物之茶具六十种”），也贵到极致。反对奢华，本应以“圆虚清静的一心为器”，却造成另一种奢华。简素本身不简素。如今茶道是一种生意，备置一套茶具就得好多钱，还要交学费。果真秉承千利休精神，身边吃饭的家伙不就可以搞茶道么？人们对这种简直像遭罪的传统文化敬而远之，除了爱好者，基本是女人当作嫁入好人家的修养苟延着。

千利休被迫切腹之前给大德寺和尚古溪宗陈写了辞世之句：白日青天怒电走。这就不大有禅味了。

和食的来历

日本多温泉，若入住和式旅馆，一般除了泡，就是吃。盘腿坐在榻榻米上，面前一张大餐桌或者小食案，虽然是夫妻俩或者一团人聚餐，却各吃各的。形形色色的菜肴摆放在各式各样的器具里满目琳琅，这时发一点思古之幽情，真个是“铺筵席，陈尊俎，列笾豆”(《礼记·乐记》)。

吃什么，怎么吃，就是食文化。从文化来说，日本饮食源于中国。日本人把中国文化搞了两次大革命，一次是文字，一次是饮食，从此自立于民族之林。

“和食”这两个汉字我们看得懂，若翻译一下，可叫做日餐。还有一个词，我们也搬了来，那就是“日本料理”。“料理”这个词是奈良时代跟中国学的，如今算衣锦还乡。近代日本也搞改革开放，叫“文明开化”，引进欧美的“西洋料理”，与之相对，产生了“和食”与“日本料理”这两个说法，也就百余年历史，1981年才见收入大辞典。两者的用法在日本人印象里多少有区别，前者指的是以家庭饮食为主的整个日本食文化，后者往往指餐馆的高档餐饮。“深夜食堂”是不够档次的，所以它不叫“料理屋”，店家深夜挂上、清晨摘下的门帘上写着“饭屋”。

2000多年以前的弥生时代，长江中下游的人渡海带去了稻作文化，不仅种稻，而且酿酒。飞鸟、奈良时代（7~8世纪，都城先后在飞鸟、奈良）学中国吃鲤脍、鲈脍，蘸的是醋以及佐料，出现了柳宗元吟咏的“炊稻视爨鼎，脍鲜闻操刀”。陈寿《三国志》记载，汉魏时倭人“食饮用笾豆，手食”，从中国传入的筷子在奈良时代普及，至今写作“箸”，我们见了觉得雅。675年，天武天皇颁布了有史以来第一道禁止肉食令：“莫食牛马犬猿鸡之肉，以外不在禁例，若有犯者罪之。”日本人是被管出来的，尤其在吃上。千年之后明治天皇又带头吃肉，一不小心民众就养出了“神户牛”。

一说日本，我们就想到我们中国，想起他们的遣唐使，想起鉴真东渡。传说鉴真大和尚带去了“唐果子”，还有砂糖蜂蜜什么的，大概本来是带着路上吃的，剩下的或许就当作土产送了礼。平安时代（794～1192，都城平安京，即京都）赴唐取经的和尚如最澄、空海，好像没带回多少吃食，那时候热衷于打造国家，可能顾不上吃。源赖朝在镰仓开设幕府以后的镰仓时代（1183～1333），中国已经是南宋，都临安。1223年，道元和尚入宋，留了四年学，不单取经，还学了烹调技术，回国后创立了日本曹洞宗。他在南宋遇见两位老典座，从他们的言行中认识到炊事也是修行，但日本的典座却不把做饭当回事，于是撰写了《典座教训》。后来又在永平寺撰写了《赴粥饭法》，参考中国的生活习惯，详加规定饭应该怎么吃。庙里的各种作法传到民间，逐渐形成了日本人的饮食规矩，例如饭前合掌说“拜领”，饭后合掌说“拜谢”，以至于今。道元学的是禅寺做素菜，日本叫“精进料理”。或立志取经，或冒险传教，两国和尚们不绝于途，不断把饮食带入日本，例如麸、豆腐、蒟蒻。吃食及吃法再从禅寺流入民间，以致民间的日常生活仿佛也带有禅味。若没有禅林的烹调技术，恐怕就没有今天所谓的“日本料理”。

室町时代（1392～1573，幕府在京都的室町）继续是武士执掌国柄，他们从平安时代的筵席“大飨”发展出自己的仪式饮食“本膳料理”。用食案，叫做“膳”，三个食案（“本膳”“二膳”“三膳”）上摆放饭菜，皆为单数。现代和食的基本样式以米饭为中心，一汤三菜，外加一碟咸菜（或把咸菜也充作一菜），即“本膳”的简化，营养均衡，是2013年联合国教科文组织把和食列为非物质文化遗产的理由之一。汤是“味噌汁”（酱汤），禅僧的杰作。日本人用筷子，几乎不用匙。妙在吃饭用陶瓷碗，喝汤用木漆碗，端起来喝也不烫手。16世纪末，茶道把“精进料理”和“本膳料理”加以结合并改造，产生了“怀石料理”。怀石料理特别讲究材料的季节性，看似简素，其实很奢靡。和服和食过于奢侈，以至于20世纪20年代某首相厉行节约，提出宴会不吃日餐，不喝“三鞭酒”（香槟的音译），两样洋食足矣。

1603年，德川家康在江户开设幕府，至1867年第十代将军把大权奉还天皇家，史称江户时代。福建和尚隐元1654年东渡，开创日本黄檗宗，寺在宇治，所做素菜叫“普茶料理”，特色是油炸。传说豆角是隐元带入的，所以叫“隐元豆”。“普茶”，普遍请喝茶，喝的是“煎茶”，此后就有了茶泡饭。日本三禅宗，临济、曹洞进食是一人一食案，默默用餐，而黄檗围桌聚餐，边说边吃。榻榻米上起居，不知哪位聪明人发明了一种矮脚虎似的圆桌，四条腿能折叠，1920年前后普及开来，一家人盘腿围坐，其乐融融，吃饭的风景为之一变，直到1960年前后被欧美式桌椅取代。

德川幕府锁上了国门，只许中国人到长崎贸易，那里便出现了“桌袱料理”，基本是中餐以及荷兰菜的改编版。“桌袱”即桌布，代指中国式餐桌。“普茶料理”和“桌袱料理”都使用桌子，大盘子上菜，分而食之。“怀石料理”也脱离茶道，被用来下酒，从前菜开始，生的，烤的，煮的，一样样上来，最后以吃饭喝汤收场，这就是“会席料理”。1820年前后江户出现了“握寿司”，源自大陆南方，但这么一握，就完全日本化了，大有一边看表演一边饕餮之趣。据说意大利人爱陈米，日本人自古爱新米。寿司好吃很大程度在于米饭，米好，做得好，似乎“日本料理”最讲究火候的就是焖饭。不过，寿司用冷饭，甚至说厨师的手温也会影响味道。寿司的正规吃法是“手食”。

京都离海远，“京都料理”以蔬菜为主；江户在海边，“江户料理”以海鲜为主。大阪是商城，依山傍海，兼善京都与江户二者。早在原始的绳文时代就有了生、烤、煮的方法，后世又多了蒸与炸，这五种方法附会为五行。把“生”换用动词，那就是切，切生鱼片，也讲究刀功，却不是李白所见的“呼儿拂几霜刃挥，红肌花落白雪霏”，也不是杜甫所见的“饔子左右挥双刀，脍飞金盘白雪高”，而是悠悠地一片一片往下片，装盘三五片，幸而切得厚厚的。他们更在意工具，各种利刃，正所谓工欲善其事，必先利其器。

日本好生冷。孔子是脍不厌细，但奉他为至圣先师的后人早已不爱生吃，更喜好热食。生鱼片是和食的代表，现在的吃法是江户年间形成的，用的却是我们唐代的法子，如白居易诗云“鱼鲙芥酱调”。吃鱼是唐朝的法子，喝茶是宋朝的法子，令我们有一点忘祖的惭愧。礼失，求诸野，难怪中国游客蜂拥而来，那叫一个“爆”。生食的第一个条件是新鲜。不单鱼，也生吃马肉、鸡肉，叫“马刺”“鸟刺”。近年生牛肝、生猪肉先后被禁止大快朵颐，虽然研究者指出鸡肉有细菌，不宜生食，但尚无禁令。吃是文化，不好一刀切。

烹饪的最大区别在于中国是人定胜天，滋味是加工出来的，日本则尽量保持其天然，如美食家鲁山人所言，只要食材好，谁都能做出美味来。我们的烹饪基本是综合，而日本追求单一，“关东煮”的豆腐、蒟蒻、鱼丸子等在酱油汤里各自特立。莫非觉得在烹饪技术上难以超越中国，于是乎笔走偏锋，顾左右而言他，在器具及摆设上花功夫，赢得好看不好吃的美名。吃饭过于强调器具，喧宾夺主，冲淡了吃的主旨。

和食被捧为世界遗产，举国若狂，翌年把11月24日生拉硬扯地谐音“好日本食”，定为“和食之日”。有一个口号：米饭与酱汤是咱家的世界遗产。一年多出版冠以“和食”二字的书百余种。据说世界上出现了和食热，也有人泼冷水，说东京中心区有5000多家西餐馆，按这个比率，欧洲应该有18万多家日餐馆才是，但是据农林水产省估计不过5000家。京都的意大利餐馆比和食店多，虽然这些意大利菜肴已经被改造，可算入日餐。

常见饭菜上装饰一枝南天竹的绿叶，是为了日语里“南天”谐音“难转”，有遇难呈祥的意思。

猫作家和狗作家

有人喜欢猫，有人喜欢狗。有人养猫，有人养狗。有人不养，却喜欢，常常在路上招猫逗狗。一个人的外貌与性格似乎和猫狗有搭不搭的问题，混搭总有点别扭。东京看樱花的胜地上野公园里有一尊塑像，是明治维新时代的西乡隆盛，今年日本NHK大河电视剧正演他，牵着一条狗，看上去很搭。竹久梦二有一幅名画叫《黑船》，穿一身黄色长袍的女人怀里抱一只漆黑的猫，也很搭。像高仓健那样的形象，如果和一条狗，而且是那种杜宾犬，在荒野上奔跑一定很带劲儿，若是在客厅里逗弄猫，就会有戏剧效果。当然作家乃至文豪也各有所爱，于是有好事之徒把他们分成猫派和狗派。例如夏目漱石、村上春树等作家属于猫派，其人其作是否就有些猫气，好像也看不出来。

村上春树喜欢猫，也很爱写猫。假如他喜欢狗，或许也相得益彰，却只怕狗难以在他的小说里充当那么多角色。对于人来说，猫是玩具，而狗是伴侣。猫愉悦人，狗感动人。狗的主题基本定型为忠义，作家难以跳出圈外写狗，而猫既有猛兽的雄姿，又有宠物的媚态，足以让作家浮想联翩。可是，过多地投影人的心理，超出其本性，每每变成了妖猫、猫精。现代日本最可以号称“猫作家”的并不是村上春树，而是保坂和志，所有作品都少不了猫这个要素，无猫不成篇。他得过芥川、谷崎、川端等多种文学奖，读者却远远不如村上多。

夏目漱石的小说就叫《我是猫》，这只猫是日本最有名的。小说第一句写道：“我是猫，还没有名字。”这只猫到死也没有名字。夏目家养猫也养狗，狗有名字，猫却就叫“猫”。猫死了，夏目把尸骸埋在书房后面的樱树下，在墓牌的表面写上“猫之墓”，背面写了一首俳句この下に稲妻起る宵あらん，意思是这下面将会有闪电的夜晚，“闪电”指猫在夜里目光炯炯。他把这件事写成了随笔《猫之墓》。几年前我在北京遇见一位朋友，精神不振，问他怎么了，他说一只喂养多年的猫死了，我便想起了那篇随笔，但听他说尸骸丢进了垃圾堆，便不好再说什么。夏目漱石生在东京的新宿区，也死在那里，2017年纪念他诞辰150周年，新宿区建造了“漱石山房纪念馆”，院子里有一座几块石头叠起来的小塔，那就是“猫之墓”，不过是复原的，原物当年被美军炸坏了。种种行状都让人认定这位明治大文豪喜欢猫，可是他说过：其实我不喜欢猫，更喜欢狗。确实，他写猫，还画猫，但从未说过他喜欢猫。《我是猫》的最后，那只洞察人情世故的猫喝了人家婚宴杯子里剩下的啤酒，脚下蹒跚，掉进水瓮里淹死了——下场有点惨。夏目漱石的弟子内田百闲擅长写随笔，以幽默著称，爱猫是出了名的，他认为“我”没淹死，又活了过来，还写了一本《赝作我是猫》，有一点狗尾续貂。

谷崎润一郎喜欢猫，也喜欢狗，好像喜欢猫更多些。在他看来：“动物中相貌最好的是猫类，猫、豹、虎、狮子都漂亮。漂亮，但要说哪个最好，就是猫。第一眼好，而且鼻子的形状帅。狮子或虎、豹的鼻梁与脸相比有点儿太长了，所以中间拖沓，不利索。要说这一点，猫的鼻子很理想，不长不短，保持非常好的协调，从两眼之间哧地引向嘴角的线条美不可言。尤以波斯猫第一好。哪里还有把脸弄得那么端正的动物啊。”

谷崎很早就喜欢猫，住在横滨时养过，但讨厌日本猫。真正热心地养猫是搬到关西以后，有3只波斯猫、1只美国猫、1只英国猫，还有1只混血猫，混有日本猫的血。这还不算多，最多的时候养了11只。他也写过猫，叫《猫和庄造和两个女人》，但不是像夏目漱石和村上春树那样把猫异化为人，猫还是猫，是人与之相处的猫。庄造开杂货店，两个女人是庄造的现任妻子和前妻，猫是母猫，叫丽丽，庄造爱猫胜过爱这两个女人。小说的主题有点反谷崎，因为他向来是奴隶般崇拜女人爱女人。隶属于女人是幸福的，猫换了人家，不再让以前的主人隶属，庄造也就失去了幸福。大概这就是猫不如狗之处。老话说，猫是奸臣，狗是忠臣。人讨好猫，狗听从人。

池波正太郎喜欢猫，简直不能想象家里没有猫，因而《鬼平犯科帐》的长谷川平藏、《剑客商卖》的秋山小兵卫都养猫。鬼平的猫是一只虎猫，叫五郎，池波家的猫就叫五郎。过了半夜，猫悄无声息地进了书房，在他的床上睡觉，直到他工作完。当工作疲倦了，换一下心情，就拿猫当玩具，所以也会被猫厌恶。养猫有益于工作，而养狗，需要放下工作去遛，狗跟作家走，或者作家跟狗走，并拾掇狗屎，有益于健康。

三岛由纪夫眼里的猫是这样的：“我非常喜欢那忧郁的兽。不会玩把势，并不是学不会，而是认为那种事无聊，所以我说不出来地喜欢那种小聪明的任性模样，整齐的齿列，冷冷的媚态。”在书上见过一张三岛小时候的全家福，弟弟抱着狗，他抱着猫。三岛是“恐妻家”，也就是我们说的妻管严，书桌的抽屉里备有喂猫的小干鱼，被讨厌猫的夫人发现，从此不敢让猫溜进他书房。或许也是要改变自己的肉体和性格，他在小说《午后曳航》中凶残地杀猫，“抓住猫脖子提起来，猫没有出声，无力地从他手指垂下来。他点检了自己的心有否产生怜悯，那只是远远地一闪而过，于是安下心来”。一次又一次把小猫摔到木头上，“觉得自己变成了了不起的男子汉”。三岛练出了一身腱子肉，还动刀切腹自杀，卖的是男人形象，但根底却是女性类型，同性恋里担当女角，变身为猫。本性是猫，却偏要狗模狗样，以致人们常觉得三岛由纪夫特别装。

养狗有好处，似乎养猫没好处，但养猫的人越来越多，超过了养狗。有人说，这是猫征服了人，征服了地球。猫的媚态带有危险性，如同美女。村上春树的《海边的卡夫卡》里有一只像贵妇的母猫，叫咪咪，它却对人说：“猫的一生并非那么牧歌似的。猫是无力的容易受伤的小生物。既没有龟那样的甲壳，又没有鸟那样的翅膀。不能像鼹鼠那样钻进土里，也不能像变色龙那样变色。世上的诸位不晓得有多少猫天天惨遭折磨，白白离开了世间。”

小说家、剧作家井上厦坦白自己上小学时曾把芥末塞进猫的鼻子里，上高中时给猫浇上汽油点火，猫嗽地以新干线的速度狂奔，不知所终。还实验猫有没有九条命，从30米高的瞭望塔顶上丢下去，啪唧就摔死了。他坦白之后辩解：好像动物爱护家里面有很多人不能爱人，他们能不理睬和自己同类的人挨饿，却不能坐视自己旁边的猫狗挨饿。自称动物爱护家，给狗喂牛肉，很有点滑稽。对于牛这种动物的爱护精神，他们究竟是怎么考虑的呢？真正的动物爱护家应该不饲养肉食动物吧。

井上厦杀猫时还没有当作家，作家也有杀猫的，而且是爱猫的女作家，叫坂东真砂子，得过直木奖，三年前因舌癌去世，活着的时候在报纸上写专栏，有一篇《杀猫崽》(子猫殺し)，题目像村上春树的《刺杀骑士团长》(騎士団長殺し)，写她养的母猫下猫崽，被她丢到崖下。她认为，交配是猫的幸福，不该被剥夺，但产下猫崽，自己养不了，只能处理掉，这是母猫须付出的代价。此文引起轩然大波。东野圭吾出头为她辩护，说人们按照自己的需要把动物分成宠物和畜生，怎样处置畜生都可以，但不能杀宠物，而且随意地认定，阉割动物的繁殖本能却不算残酷。东野圭吾也是爱猫家，家有一只老猫，相当于人类100岁，他用一个从上高中时就一直用的尼龙袋装上它定期去医院检查。对于猫崽，他的办法是丢到房后，任其自生自灭，避免了残酷的恶名。

东野圭吾的作品《预知梦》里出现的猫，是推理小说中经常出现的“白色波斯猫”，只作为破案的线索。《恶意》里有一只被毒死的猫。娇小的宫部美幸应该喜爱猫，虽然牵一条大狗也会是亮眼的画面。她多次写到猫，例如《天狗风》里有一只叫“铁”的小猫，会说人话，跟天狗大战。

川端康成瞪着一双大眼睛，好像很适合抱一只猫，但照片上，他在书案前却是抱一条小狗，旁边还站了一条大狗。名作《禽兽》里只有狗，没有猫。他喜欢母狗，觉得让它生孩子很有趣。他养了六条狗，赶在一起下崽儿，一下子变成了十五六条。村上春树也喜欢看猫下崽，他写道：“现在养的暹罗猫性格非常怪，我不给它握着爪子就不能生产。这猫开始阵痛就马上跳到我膝上，好像喊着号子，用倚靠无腿座椅似的姿势坐下不动。我紧紧握住它的双爪，小猫就一只又一只地生出来。看猫下崽儿真好玩。”

远藤周作“绝对不认为狗不能理解人的心”，他属于狗派无疑。小时候住在大连，父母不和，只有一条狗跟他相伴，叫黑子。后来随母亲回国，不能带狗走，他觉得自己背叛了黑子，内心很受伤。结婚后捡来一条小狗喂养，取名小白。远藤写过一本有关动物的随笔《我最好的朋友动物们》。

渡边淳一好像只喜欢女人，不喜欢猫狗。芥川龙之介和太宰治都怕狗。芥川在路上碰见狗就绕道走。他的同学说，他隔着几栋房子就能闻出狗味儿，感知其存在。可他家里也养狗，只是怕外面的狗。太宰治写过一篇又像小说又像随笔的《养狗谈》(原文“畜犬谈”)，非常有意思。一落笔就说：“我对狗有自信，自信早晚有一天必定被它狠咬住。我非被咬不可，有这个自信。”有一天，一只被丢弃在练兵场的全黑的小狗跟在他身后进了家门，赖着不走了。虽然怕它，恨它，一点也不喜欢它，却更怕狗复仇，怕狗变成鬼作祟，只好养着它。这狗得了皮肤病，妻子让“我”杀了它——女人这时候比男人更冷酷，更有胆量。“我”把它带到它的故乡——练兵场，给它吃了毒牛肉却没有毒死，又跟了回来。“饶了吧，那家伙没有罪。艺术家本来就应该站在弱者一边，是弱者的朋友。对于艺术家来说，这就是出发，也是最高的目的。我忘了这么简单的事。不仅我，大家都忘了。”太宰治生动而幽默地写出了对于狗由怕到爱的心态，理由也冠冕堂皇，我甚至认为写猫写狗，这篇万把字的《养狗谈》写得最好不过了。

有一种文学叫动物文学，以科学的态度观察并描写自然中的动物，譬如狼、狗、马，原是在生活以狩猎、畜牧为主的欧美形成的，日本作为农耕国家，战败后也将其引进而发展，主要作家有户川幸夫、椋鸠十等。我们以上讲到的作品基本都不算动物文学，因为宗旨是写人。

图书在版编目（CIP）数据

闲日读本 / 李长声著. —济南：山东画报出版社, 2019.9
ISBN 978-7-5474-3223-5

Ⅰ. ①闲… Ⅱ. ①李… Ⅲ. ①随笔 – 作品集 – 中国 – 当代
Ⅳ. ①I267.1

中国版本图书馆CIP数据核字（2019）第161420号

闲日读本
李长声 著

责任编辑 怀志霄
装帧设计 Pallaksch

出 版 人 李文波
主管单位 山东出版传媒股份有限公司
出版发行 山东画报出版社
社 址 济南市市中区英雄山路189号B座 邮编 250002
电 话 总编室（0531）82098472
市场部（0531）82098479 82098476（传真）
网 址 http://www.hbcbs.com.cn
电子信箱 hbcb@sdpress.com.cn
印 刷 济南龙玺印刷有限公司
规 格 148毫米 × 210毫米
7印张 156千字
版 次 2019年9月第1版
印 次 2019年9月第1次印刷
书 号 ISBN 978-7-5474-3223-5
定 价 58.00元